분청, 꿈을 빛다

푸른도서관 45

분청, 꿈을 빚다

초판 1쇄 / 2011년 5월 20일
초판 3쇄 / 2020년 7월 10일

지은이/ 신현수
펴낸이/ 신형건
펴낸곳/ (주)푸른책들
등록/ 제321-2008-00155호
주소/ 서울특별시 서초구 양재천로7길 16 푸르니빌딩 (우)06754
전화/ 02-581-0334~5 팩스/ 02-582-0648
이메일/ prooni@prooni.com 홈페이지/ www.prooni.com
인스타그램/ @proonibook 블로그/ blog.naver.com/proonibook

글 ⓒ 신현수, 2011

ISBN 978-89-5798-274-7 03810

이 도서의 국립중앙도서관 출판시도서목록(CIP)은 e-CIP홈페이지(http://www.nl.go.kr/ecip)와
국가자료공동목록시스템(http://www.nl.go.kr/kolisnet)에서 이용하실 수 있습니다.
(CIP제어번호 : CIP2011001342)

초록우산 (주)푸른책들은 도서 판매 수익금의 일부를 초록우산 어린이재단에 기부하여
어린이재단 어린이들을 위한 사랑 나눔에 동참합니다.

분청,
꿈을 빚다

신현수 지음

푸른책들

1. 매향

장작 지게를 가마 옆에 내려놓고 강쇠는 웃통을 활활 벗어 젖혔다. 어찌나 땀을 많이 흘렸던지 저고리가 폭 젖어 있었다. 벌써 열 번도 넘게 나무 창고와 가마 사이를 왔다 갔다 한 터였다. 어깨와 허리는 뻐개질 듯 뻐근하고 두 다리는 절로 후들거렸다.

강쇠는 물두멍의 물을 두 바가지나 퍼마셨다. 가슴팍과 등짝에도 물을 확확 끼얹어 주었다. 그제야 갈증이 가시고 몸도 조금은 시원해졌다.

'효문이랑 친구들은 갯벌에 가 있겠지? 나도 얼른 가야 하는데.'

강쇠는 잔뜩 안달이 났다. 아무래도 갯벌에선 벌써 매향*이

---

*매향 : 고려 말에서 조선 초기, 현세에서의 고난을 막고 구원을 얻기 위한 바람으로 향나무를 갯벌에 묻던 불교 의식.

시작됐을 것만 같았다. 산에서 베어 온 향나무를 갯가 깊숙이 묻는 매향을 강뫼는 한 번도 본 적이 없었다. 그래서 처음부터 구경하고 싶었는데, 일은 아직도 끝나지 않았으니 마음만 다급했다.

빨리 갯벌로 가려면 일을 서두르는 수밖엔 딴 도리가 없었다. 강뫼는 장작을 가마 옆에 차곡차곡 부린 뒤 안을 들여다보았다. 아버지는 유약을 입힌 그릇들을 가마 칸칸이 쟁이고 있었다. 재벌구이를 할 그릇들이었다.

매향을 한 뒤 불때기를 하면 더 훌륭한 청자가 나온다고 아버지는 믿었다. 아주 오래 전 매향을 했을 때도 그 다음 날 구워 낸 청자가 유독 때깔도 곱고 질도 좋았다는 것이다. 그래서 이번에도 매향을 치른 이튿날에 재벌구이를 하기로 한 것이었다.

"아버지, 장작 열 짐 부려 놨어요. 그만 해도 되지요?"

강뫼가 가마 안으로 얼굴을 쑥 디밀자, 아버지는 얼굴도 돌리지 않고 대꾸했다.

"고작 고거 날라 놓고 엄살이냐? 불때기 하다가 장작이 떨어지면 가마신 노여움 타서 큰일 난다."

'쳇, 열 짐이면 충분하지 않나? 매향 시작되는 걸 보기는 다 글렀구나.'

강뫼는 잔뜩 부아 난 얼굴로 다시 저고리를 입고 지게를 졌다.

친구들은 일찌감치 갯벌에 구경 나가 있는 마당에 혼자 땀 뻘뻘 흘리며 일하려니 기운이 쭉 빠졌다. 하지만 강뫼는 곧 마음을 다잡았다. 이왕 일할 거 즐겁게 하자고. 그래서 일부러 콧

노래를 흥얼거리며 발걸음을 옮겼다.

"덕으란 곰비예 받줍고, 복으란 림비예 받줍고,

덕이여 복이라 호늘 나△라 오소이다. 아으 동동다리."*

몇 발자국 걷지도 않았는데 뒤에서 아버지 소리가 들렸다.

"이만하면 됐다. 얼른 갯벌로 가 봐."

"정말요?"

강뫼는 날아갈 듯 기분이 좋아 갯벌로 내달렸다.

잿빛 개흙만 가득하던 갯벌은 화려하기 이를 데 없었다. 부처님의 덕을 기리는 글귀나 불화를 그려 넣은 깃발들이 여기저기 나부끼는 까닭이었다.

비릿한 갯바람 속엔 은은한 향나무 냄새가 섞여 있었다. 갯벌 한구석에 차곡차곡 쌓아 놓은, 통으로 자른 향나무들 때문이었다. 또 산의 계곡물과 바닷물이 만나는 갯가 쪽엔 커다란 구덩이들이 움푹움푹 파여 있었다.

'아, 저 구덩이들 속에 향나무를 묻나 보구나.'

강뫼가 속짐작을 하는데 갯가에서 효문과 친구들이 한목소리로 외쳤다.

"강뫼야, 여기야. 얼른 와!"

질퍽한 갯벌을 달려가자 효문이 볼멘소리를 했다.

"왜 이리 늦었어? 지산 스님도 벌써 오셨는데."

"누군 늦고 싶어 늦었냐? 장작을 몇 짐이나 져 날랐는지 알

---

*고려가요 〈동동〉의 첫 구절. '덕은 뒤에(뒷 잔에, 신령님께) 바치옵고, 복은 앞에(앞 잔에, 임에게) 바치오니, 덕이며 복이라 하는 것을 진상하러 오십시오.'라는 뜻.

아? 열 짐이야, 열 짐. 힘들어서 죽는 줄 알았다."

"어이구, 골골한 몸으로 열 짐씩이나! 장하십니다, 형님. 헤헤."

강뫼의 등짝을 탁 치며 효문이 환히 웃었다.

곧이어 요령 소리와 목탁 소리가 갯벌에 울려 퍼졌다. 강뫼는 친구들과 함께 그쪽으로 우르르 몰려갔다. 갯벌에 차려진 임시 불단 앞에서 젊은 비구들이 요령을 흔들거나 목탁을 치고 있었다. 지산 스님은 목청 좋은 소리로 염불을 읊었다.

조금 뒤 나팔 소리를 시작으로 스님들이 범패*를 부르기 시작했다. 흰 장삼에 붉고 푸른 가사를 걸친 두 비구니는 하얀 고깔을 쓰고 바라를 두 손에 든 채 너울너울 바라춤을 추었다. 둥글고 편편한 바라 두 짝이 맞부딪칠 때마다 챙, 챙, 하면서 맑고도 깐깐한 소리를 냈다. 그늘 하나 없는 갯벌엔 살갗을 지질 듯 뜨거운 여름 햇살이 쏟아졌지만 사람들은 모두 숙연하기만 했다.

강뫼는 합장한 채 주위를 둘러보았다. 저만치에 어머니와 누나 단비가 두 손을 가지런히 모으고 서 있는 게 보였다. 어느새 왔는지 아버지도 그 뒤에 서 있었다. 식구들이 다 와 있는 것을 보자 강뫼는 괜스레 마음이 푸근해졌다.

이윽고 젊은 향도들이 갯가 구덩이에 향나무를 켜켜이 묻기 시작했다. 향도들 속에 치손의 모습도 보였다. 단비의 짝이 될 치손은 키가 훤칠한 데다 덩치도 좋아 어디서나 눈에 띄었다.

---

*범패 : 부처의 공덕을 찬미하는 노래.

10

그 광경을 물끄러미 보던 효문이 헛헛한 얼굴로 말했다.

"강뫼야, 넌 매향을 하면 정말 미륵부처님이 우리를 구원해 주실 거라고 믿니? 왜구 놈들이 더는 안 쳐들어올 거라 생각하니? 그렇다면 왜 진작……."

효문은 말꼬리를 흐리며 먼 하늘에 눈길을 박았다. 효문이 마저 하려던 얘기가 무엇일지 짐작은 했지만, 강뫼는 짐짓 모르는 체하고 묻는 말에만 대꾸했다.

"당연하지. 많은 사람들이 간절한 소망을 모아 매향을 할수록 미륵부처님이 더 빨리 오신다잖아. 매향을 하면 왜구 놈들도 더는 안 쳐들어오고, 흉년도 안 들 테고……. 난 믿어. 매향을."

효문은 대꾸 없이 앞바다만 바라보았다.

지난겨울 왜구가 대구소에 쳐들어왔을 때 효문은 식구를 모두 잃고 혼자가 되었다. 갯마을에 있는 대구소는 고려 땅에서 최고의 청자를 빚는 자기소였고, 강뫼와 효문의 아버지는 이곳에서 으뜸과 버금으로 꼽히는 사기장이었다. 그런데 잔인한 왜구는 효문의 아버지를 죽이고 양곡과 청자를 훔치는 것만으로 모자라, 효문 어머니와 쌍둥이 누이를 범한 뒤 난도질했다. 효문네 말고도 여러 가마가 그렇게 당했다.

사람들의 시름은 깊어만 갔다. 언제 또 왜구가 들이닥쳐 마을을 쑥대밭으로 만들지 모르기 때문이었다. 대구소에서 오랜만에 매향을 하게 된 것도 바로 그 때문이었다.

강뫼는 알고 있었다. 효문이 미처 끝맺지 못한 말이 무엇인지를……. 매향이 그렇게 효험이 있다면, 그래서 미륵부처님의 보살핌으로 왜구도 흉년도 모두 막을 수 있다면, 자기네 식구들이 당하기 전 왜 좀 더 일찍 매향을 하지 않았느냐고 효문은 말하려 했을 거라는 걸……

어느새 향도들이 향나무를 다 묻고 그 위에 개흙을 덮었다. 지산 스님이 요령을 흔들며 불경을 외기 시작했다. 향도와 마을 사람들은 두 손을 모은 채 저마다 간절한 소망을 빌었다.

곧이어 매향비가 세워졌다. 앞뒷면에 마을 사람들의 바람을 한 자 한 자 정성스레 새긴 비석이었다. 사람들이 스님들의 뒤를 따라 탑돌이 하듯 매향비를 돌기 시작했다. 강뫼도 효문과 함께 매향비를 돌았다.

세 바퀴째 돌 때쯤 강뫼는 매향비에 얼굴을 바짝 들이댔다. 비석에 무슨 글이 새겨져 있는지 문득 궁금했기 때문이었다. 비록 사기장의 아들이지만 강뫼도 아주 까막눈은 아니었다. 사기장이 되려면 그릇 주문장을 읽을 줄 알아야 하고, 때론 그릇 밑 굽바닥에 그릇을 주문한 관청명도 새겨야 하는 까닭이었다. 그래서 강뫼도 웬만큼 글을 깨우쳤으나, 효문의 글 실력에 비하면 새발의 피였다. 비석의 글귀 중엔 모르는 글자도 더러 있었다.

효문이 다가와 강뫼의 어깨에 팔을 둘렀다.

"아우님, 비석에 적힌 거 다 읽을 수나 있는감? 똑똑한 이 형님이 읽어 줘야 하지 않겠나?"

"맞네, 이 형님 눈이 침침해서 못 읽겠으니 눈 밝은 아우님이 읽어 주시게."

강뫼가 능청스레 대꾸하자 효문이 쿡, 하며 웃음을 터뜨렸다. 아까보다는 한결 기분이 좋아 보였다.

효문이 매향비 비문을 읽어 내려갔다.

고려국 전라도 대구소 향도와 마을 사람들은

더불어 다 함께 큰 바람을 내어

삼가 향나무 100그루를 다듬어 포구에 묻고

미륵부처님이 오시기를 간절히 기다리옵니다.

미륵부처님은 하루빨리 오셔서 저희를 구해 주소서.

주상전하 만만세 하옵고 국태민안 하소서.

    -전라도 장흥부 탐진현[*] 대구소 향도와 동민 공동 발원-

강쇠는 마음속으로 빌고 또 빌었다.

'미륵부처님, 빨리 오소서. 왜구가 우리 마을에 더는 쳐들어 오지 않게 해 주소서. 우리 모두 행복하게 잘 살게 해 주소서.'

  간절한 발원을 올린 뒤 강쇠는 고개를 들었다. 푸른 물결 출렁이는 바다 위로 바닷새 한 떼가 푸르르 날아올랐다.

---

*전라도 장흥부 탐진현 : 지금의 전남 강진군 강진읍 군동, 도암, 신전, 칠량, 대구, 마량면 일대를 일컫던 고려시대의 지명. 대구소는 그 중 고려청자를 빚던 자기소가 있던 곳이다.

2. 아버지

강뫼는 가마 밖에서 잔뜩 조바심을 내며 서 있었다. 재벌구이까지 마친 청자를 가마에서 꺼낼 때쯤이면 늘 이렇게 마음이 바작바작 타 들어갔다.

이윽고 치손이 흙과 돌로 막아 둔 가마의 문을 헐었다. 순간 가마 속에 있던 열기가 밖으로 훅 뿜어져 나왔다. 얼마 뒤 열기가 대충 가라앉자 아버지와 치손이 가마 안으로 들어갔다. 강뫼는 첫 번째 가마 문 앞에 공손히 앉아 그릇 받을 채비를 했다.

잘 구워진 청자들이 하나하나 가마 밖으로 건네졌다. 깨 버려야 할 질 낮은 하품도 없지는 않았지만 청자들은 모두 기품 있어 보였다. 강뫼는 사발은 사발끼리, 매병*은 매병끼리, 대접

---

*매병 : 중국에서 매화 가지를 꽂아 두던 병에서 유래했으나, 고려에서는 주로 술병으로 쓰였다. 주둥이는 좁고 어깨는 널찍하게 벌어졌으며 허리 아래로 내려오면서 날씬해지는 모양이다.

은 대접끼리, 나란히 한데 모아 목판 위에 올렸다.

그릇을 다 꺼내고 나자 아버지가 온통 땀범벅이 된 얼굴로 가마에서 나왔다. 손에는 매병 하나를 들고 있었다.

"이거 어떠냐?"

머릿수건을 풀어 땀을 닦으며 아버지가 매병을 건넸다. 강쇠는 두 손으로 매병을 받아들고 이리저리 보았다. 청자상감운학무늬 매병, 그러니까 구름과 학의 모습을 새겨 넣은 매병이었다. 마치 살아 있는 학들이 떼지어 푸른 하늘을 박차고 날아오르는 것 같았다.

"좋아요. 색깔도 맑고, 상감^{**}도 훌륭해요."

"네 눈엔 그래 보이느냐? 아니니라. 이건 제대로 된 청자가 아니니라."

강쇠는 머쓱하여 머리를 긁적였다. 아버지가 허탈한 표정으로 말을 이었다.

"온 정성을 바쳤는데도 예전처럼 좋은 청자가 안 나오는구나. 아비가 한창 젊었을 때 이거랑 꼭 닮은 매병을 빚었었지. 그때 내가 보아도 정말 대단했다. 그 매병은 나라님 주안상에 올라가 칭찬까지 받았다지. 그때 생각이 나서 빚어 보았는데 턱없이 못 미치는구나. 상감도 비색^{***}도 죄다 형편없어."

강쇠는 뭐라 대꾸할 말이 없어 땅바닥만 내려다보았다.

"이게 다 대국 놈들이랑 관아 놈들 때문이다. 우린 조공으로

---

^{**}상감 : 청자를 만들 때 원재료의 일부를 파내고 그 자리에 다른 흙을 메워 무늬를 나타내는 기법.
^{***}비색 : 푸르고 맑은 고려청자의 빛깔.

바칠 주문량 맞추느라 허리 빠개지도록 일하는데, 낮짝에 개기름 번들거리는 관아 놈들은 그 청자를 몰래 빼돌리니……. 사기장이 기계가 아닌 바에야 어찌 좋은 청자가 나올 수 있겠느냐? 이젠 나라에서도 예전처럼 지원도 안 해 주고……. 아, 고려 최고의 사기장이라던 내가 이 정도 매병밖엔 못 만들다니…….”

아버지의 목에 붉은 힘줄이 돋았다. 강쇠는 어째야 할지 몰랐다.

“그래도 이걸 깨 버릴 수가 없구나. 내가 안 빚으면 그나마 누가 이런 걸 빚겠느냐?”

강쇠도 돌아가는 사정을 웬만큼은 알고 있었다. 원나라가 망하고 명나라가 일어나는 과정에서 고려는 덩달아 혼란스러워졌고, 자기소가 자리 잡은 갯마을엔 왜구가 자주 쳐들어왔다. 청자를 빚던 사기장들은 왜구를 피해, 힘든 일을 피해, 뿔뿔이 흩어졌다. 대구소도 마찬가지였다.

그때 치손이 가마 밖으로 나왔다.

“어르신, 목판을 작업장으로 옮기겠습니다.”

“조심하거라.”

“헤헤, 염려 놓으십시오. 한두 번 해 본 일이어야지요.”

치손이 제멋대로 거들먹거리자 아버지의 낯빛이 확 바뀌었다.

“시건방지기는! 벼는 익을수록 고개를 숙인다는 말도 모르느냐?”

치손이 얼굴을 붉히며 머리를 긁적였다.

“죄송합니다. 명심하겠습니다.”

강쇠는 치손과 함께 청자 얹은 목판을 작업장 건조대로 옮겼다. 서늘한 바람 속에서 청자들이 곱게 말라 갈 것을 생각하니 마음이 다 뿌듯했다.

목판을 모두 옮기고 돌아오자 아버지가 말했다.

"치손이 너는 내려가 좀 쉬려무나. 나하고 강뫼는 좀 더 있다가 가마."

"왜요, 아버지? 저도 내려갈래요."

목판을 옮기기만 하면 끝이려니 했는데, 좀 더 있다 가라니 강뫼는 심통이 났다. 효문이 머리에 쥐나게 절에서 공부할 적에 다른 친구들과 갯벌에서 조개도 잡고 산으로 들로 뛰어다닐 참이었던 것이다.

"이놈아, 아직 나머지 일이 있단 말이다."

아버지가 강뫼의 머리를 쓰다듬으며 눈빛을 풀었다.

할 수 없다. 어느 영이라고 거스르랴. 언덕바지를 내려가는 치손을 강뫼는 부러이 볼 뿐이었다.

"강뫼야, 넌 그릇을 빚고 굽는 게 좋으냐? 참말로 아비처럼 사기장이 되고 싶은 게냐?"

아버지가 뜬금없이 물었다. 어릴 때부터 흙을 만지며 놀았고, 아버지가 그릇을 빚고 굽는 모습을 신물 나게 보아 온 강뫼였다. 더구나 사기장의 아들은 사기장이 되는 게 당연했다. 당연히 강뫼는 열다섯 살이 된 지금까지 사기장 말고 딴 것이 되리란 생각을 해 본 적이 없었다. 또 이왕이면 아버지처럼 첫 손가락에 꼽히는 사기장이 되고 싶었다.

다른 사기장들은 지방 관청이나 절, 혹은 호족들이 쓰는 청자를 빚었지만 대구소의 으뜸 사기장인 아버지는 궁궐과 절에서 쓰는 청자만 빚고 구웠다. 또 원나라 시절, 대구소에서 조공으로 보내는 청자는 거개가 할아버지가 빚은 거라 했다. 강뫼는 할아버지처럼 남의 나라에 조공으로 바치는 청자는 빚기 싫었지만, 아버지처럼 나라님이 쓸 청자는 꼭 만들고 싶었다.

그릇을 빚고 굽는 일이 강뫼는 좋았다. 친구들은 흙을 만지고 그릇 빚는 일이라면 넌더리가 난다고 했지만 강뫼는 그렇지 않았다. 아니, 아주 그렇지 않았다면 거짓말이다. 아버지가 일을 지나치게 시킬 때면 다 팽개치고 싶은 적도 있었으니까.

사기장이 될 사람이라면 누구나 그렇듯, 강뫼 역시 땔감으로 쓸 나무를 해 와 장작을 패는 법부터 배웠다. 그 다음엔 산에서 청자 빚기 좋은 흙을 퍼오고, 물을 부어 고운 흙을 걸러내는 과정, 그 흙을 그릇 빚기 알맞게 차지게 이기고 다지는 법을 배웠다. 발로 물레*를 차서 모양 빚는 걸 익히기 시작한 건 겨우 두 해 전부터였다. 그러나 아직 상감 기법도 못 배웠고, 유약 만드는 건 어깨 너머로 겨우 두어 번 구경한 정도였다.

그릇 일을 배우며 강뫼는 속이 상하고 조바심 날 때도 많았다. 어렵사리 빚은 그릇이 초벌구이를 하기도 전에 깨지거나 불때기를 다 마친 후에라도 쓸모없는 하품이 되어 버렸을 땐 여간 속이 상하지 않았다. 그러나 강뫼는 자기가 아직 어려서 그러려니 했다. 차차 나이를 먹고 일이 손에 익으면 모든 것이 다 나아지려니 여겼다. 무엇보다도 강뫼는 물레를 차서 그릇을 빚을 때

---

*물레 : 도자기를 만들 때 발로 차서 그릇 빚는 물레판을 빙빙 돌아가게 하는 기구.

면 가슴에 뭔가 차곡차곡 차오르는 듯한 기쁨과 뿌듯함마저 느끼곤 했다.

'그런데 아버지는 왜 뜬금없는 걸 물었을까?'

강뫼는 아버지의 속뜻을 알 수 없었다.

"왜요? 아버진 제가 사기장 되는 게 싫으세요?"

"우리 대구소에서도 왜구 놈들 때문에 사기장들이 많이 떠나지 않았느냐? 그래서 하는 말이지……."

아무리 천하의 솜씨로 그릇을 빚고 굽는다 해도 고려의 사기장들은 한평생 일에 허덕이며 천한 신분과 가난을 면치 못했다. 농한기 때는 정기적으로 바치는 상공에 별공까지 바쳐야 해 그릇을 빚고 굽느라 여념이 없었고, 보통 때는 일반 평민처럼 농사를 지어 조세는 조세대로 꼬박꼬박 내야 했다. 먹이나 금은, 종이, 소금을 생산하는 다른 소의 부곡민들도 마찬가지였다. 공주목 명학소라는 데서 망이, 망소이 형제가 신분을 해방시켜 달라며 난리를 일으킨 게 이백년 전 일이건만, 달라진 것은 거의 없었다.

그런 판국에 왜구가 바닷가에 쳐들어와 사람을 해치고 청자를 훔쳐 가는 일이 부쩍 잦아졌다. 사기장들은 조상 대대로 뼈를 묻고 살아온 자기소를 등지고 살길을 찾아 뿔뿔이 흩어졌다. 최고급 청자를 만들던 대구소의 사정도 다를 바 없었다. 강뫼는 아버지도 딴 생각을 하나 보다 싶었다.

"여길 떠나려고요, 아버지? 우리도 떠나려고요?"

"무슨 소리냐? 우리는 대대손손 탐진 땅에서 나는 흙과 나무로 그릇을 구우며 살았다. 딴 데 가서 어떻게 그릇을 빚으며,

뭘 먹고 산단 말이냐? 다른 곳의 흙과 나무론 절대로 좋은 청자를 빚을 수 없다. 아무리 왜구 놈들이 무섭대도 여기를 떠나는 일은 없을 게다."

잠시 숨을 고르더니 아버지가 말을 이었다.

"이제 곧 나라가 태평해질 게다. 최무선 장군이 만든 화포 덕분에 왜구 놈들이 뜸해졌다지 않느냐? 이성계 장군이라는 분도 황산이란 데서 왜구 놈들을 떼거지로 몰아냈다 하고……. 조금만 태평해지면 나라에서 다시 청자 만드는 걸 지원해 주고 자기소도 안정될 거다. 그러니 넌 아비한테 열심히 배워 훌륭한 사기장 될 생각이나 하거라. 알겠느냐?"

그러면서 아버지는 품속을 뒤적여 뭔가를 찾았다. 아버지의 손에 이끌려 나온 것은 앙증맞은 청자 매병이었다. 아까 본 청자상감운학무늬 매병과 생김새는 같되 크기만 작은 꼬마 매병이었다. 비록 크기는 어린애 팔뚝만큼 작았지만 꼬마 매병은 청자의 기품을 그대로 간직하고 있었다. 강뢰의 입에서 감탄이 절로 흘러나왔다.

"너무 예뻐요. 이렇게 작은 매병에 어떻게 운학무늬를 새기셨어요?"

"네 생각이 나서 빚어 봤다. 마음에 들면 고이 간직하거라."

"예, 아버지. 고맙습니다."

그때 뒤에서 맑은 목탁 소리가 들렸다. 먼 길이라도 가는지, 지산 스님과 효문이 행장을 갖춘 채 서 있었다. 아버지가 튕기듯 자리에서 일어났다.

"스님, 어인 일이시온지요."

"강뫼 좀 데려가려고 들렀네. 보성 절에서 이것저것 줄 게 많다며 좀 오라지 뭔가. 효문이 놈 길동무도 삼을 겸, 짐꾼으로도 부릴 겸, 강뫼 좀 데려감세."

지산 스님은 먼 길을 갈 때면 효문을 곧잘 데리고 다녔다. 하루아침에 온 식구를 잃은 효문을 손수 거두면서 출가시킬 마음을 먹었기 때문이다. 그건 효문이 워낙 명석한 까닭이었다. 지금이야 나라가 어지러워 천한 신분도 승적에 올릴 수 있는지 몰라도 예전 같으면 어림없는 일이었다. 효문도 강뫼에게 깊은 속을 내비치지 않았지만, 정말 스님이 되려는지 절 공부를 열심히 하는 눈치였다.

효문과 먼 길을 떠날 때면 지산 스님은 더러 강뫼도 데리고 갔다. 아버지가 특별히 부탁하기도 했거니와 강뫼를 꽤나 어여삐 여기기 때문이었다. 강뫼도 효문과 함께 스님을 줄레줄레 따라 다니는 게 좋았다. 효문과 말동무하며 여기저기 산천 구경을 할 수 있기 때문이었다.

그런데 이번만은 빠지고 싶었다. 꼬박 사흘 밤낮을 잠도 제대로 못자고 청자를 구운 탓에 지칠 대로 지친 탓이었다.

강뫼가 스님에게 툴툴거렸다.

"전 안 가요. 청자 굽느라 죽는 줄 알았다고요. 그릇도 말려야 하고요."

아버지가 꿀밤을 먹이며 꾸지람을 놓았다.

"어디 감히 스님한테 말대꾸냐? 스님, 자비로이 살펴주소서. 이 녀석 버르장머리가 하늘을 찌릅니다."

"괜찮네. 청자 굽느라 힘들었으니 쉬고 싶기도 하겠지. 놔두

게. 다른 녀석 데려감세."

"안 됩니다! 강뫼야, 어서 스님 따라 나서거라. 콧구멍에 바람 좀 넣고 오면 상감하는 거 가르쳐 주마."

강뫼는 귀가 번쩍 뜨였다.

"정말이죠? 갔다 오면 꼭 가르쳐 주실 거죠?"

"아무렴 스님 앞에서 한 입 갖고 두 말 하랴? 얼른 짐 챙겨 나서기나 해라."

"알았어요. 그럼 갈게요."

스님이 강뫼를 보며 허허 웃었다.

"이 녀석은 어찌 이리도 그릇 일에 욕심을 낼까나. 천생 사기장이라니까, 허허. 근데 강뫼야, 손에 든 게 뭐냐?"

"제가 심심풀이로 꼬마 매병을 하나 만들어 줬습니다."

강뫼 대신 아버지가 대답했다.

"그래? 자네 부정이 참으로 갸륵하구먼."

"부정은요. 저, 저 녀석 하나도 안 예뻐합니다."

스님의 칭찬에 아버지가 얼굴을 붉혔다.

보성에 다녀오는 데는 딱 닷새가 걸렸다. 등짐은 무거웠어도 대구소가 가까워지자 강뫼는 나는 듯 마음이 가벼워졌다.

'이제 며칠은 푹 쉬어도 되겠지? 그리고 나면 아버지가 상감하는 걸 가르쳐 주실 테고. 아, 기분 좋다.'

강뫼는 효문과 주거니 받거니 장난을 치며 마을로 향했다. 지산 스님도 쉬엄쉬엄 뒤따라왔다.

대구소가 있는 갯마을 어귀로 막 들어섰을 때였다. 효문이 소리쳤다.

"저기 좀 봐!"

이미 강뫼도 효문이 가리킨 곳을 보고 있었다.

마을 어귀와 갯벌은 완전히 난장판이었다. 여기저기 곡식이 흩어져 있고, 곳곳에 청자 사금파리 같은 것들이 박혀 있었다. 벌건 핏자국도 갯벌에서 바다까지 죽 이어져 있었다.

강뫼는 가마와 작업장 쪽으로 내달렸다. 지산 스님과 효문도 놀란 발걸음을 재촉했다. 가마와 작업장 쪽으로 이어진 길도 사정은 다르지 않았다. 강뫼는 그 길을 달려가며 속울음을 쏟았다.

아버지의 작업장 가까이에서 강뫼는 걸음을 멈추었다. 열린 문틈으로 사람들이 두런거리는 소리가 새어나왔다. 강뫼는 지칫지칫 안으로 들어섰다. 작업장은 온통 피투성이이고, 그릇 칸엔 함부로 깨진 청자 사금파리들만 나뒹굴고 있었다. 쿵쿵 뛰는 가슴을 어쩌지 못한 채 강뫼는 사위를 둘러보았다. 작업장 한쪽 구석에 아버지가 쓰러져 있었다.

아버지는 두 눈을 감은 채 주둥이 깨진 청자 매병을 가슴에 품고 있었다. 흰 구름과 날아가는 학이 새겨진 그 매병이었다. 강뫼는 털썩 주저앉았다.

"아버지! 으으윽!"

화산 같은 울음이 터져 나왔다. 강뫼는 그렇게 한참을 목 놓아 울었다.

사람들은 지산 스님에게 강뫼네뿐 아니라 서너 가마가 더 당했다는 것, 왜구가 절까지 쳐들어가 사미승 둘을 해치고 청자며 곡식을 훔쳐 간 것을 낱낱이 고하였다.

"나무 관세음보살."

지산 스님이 염주를 빠르게 돌렸다.

조금 뒤 누군가 강뫼의 어깨를 다독거리며 말했다.

"그만 울어라. 할 일이 많다."

그제야 강뫼는 어머니와 누나에게 생각이 미쳤다. 주위를 돌아봤지만 둘 다 보이지 않았다. 가슴이 덜컥 내려앉았다. 말소리가 저절로 달달 떨려 나왔다.

"우, 우리 어머니는요? 누, 누나는요?"

"단비랑 치손이가 어머니 모시고 집으로 갔다. 걱정 마라. 쓰러지긴 했어도 의식을 잃은 건 아니니까."

누군가 대답했다.

지산 스님이 강뫼의 손을 부여잡았다.

"이런 때일수록 네가 정신을 차려야 한다. 어쩌겠느냐. 이게 다 부처님의 뜻인 것을……. 나무 관세음보살."

강뫼는 스님의 손을 탁 뿌리쳤다.

"놔요, 제가 알아서 할 거예요."

스님의 말이 너무 야속했다. 아버지의 죽음도 믿기지 않았다.

'난 지산 스님을 따라 보성에 가느라 아버지를 지키지 못했어. 이게 다 부처님의 뜻이라고?'

강뫼는 울면서 작업장을 뛰쳐나왔다. 뒤에서 효문이 외쳐 불렀지만 못 들은 척, 여계산 중턱으로 내달렸다.

한참을 달리자 너럭바위가 나왔다. 산꼭대기 소나무 숲 속 한가운데에 오도카니 놓인, 너르고 판판한 바위였다. 강뫼는 가쁜 숨을 몰아쉬며 바위 위에 올라섰다. 눈물에 가려 흐릿하긴 했지만 여느 때처럼 탐진 앞바다가 눈앞에 펼쳐졌다.

바다는, 왜구를 태운 배를 떼거지로 몰고 왔던 바다는 푸르고 잔잔하기만 했다. 얼마 전 매향을 했던 갯벌은 얄궂게도 평화로워만 보였다. 강뫼는 눈이 아리도록 바다와 갯벌을 노려보았다. 가슴속에서 뜨거운 불덩이가 솟구쳐 올랐다.

주먹을 불끈 쥔 채 바다를 노려보는데 다다닥 발소리가 들렸다. 돌아보지 않아도 발소리의 주인이 효문이라는 걸 강뫼는 알 수 있었다.

효문이 다가와 강뫼의 어깨를 감싸안았다. 강뫼는 효문의 팔을 뿌리치지 않았다. 둘은 그 자세로 한참을 바다만 바라보았다. 조금 뒤 강뫼가 효문의 팔을 풀며 말했다.

"난 바보야. 난 왜 믿었을까. 매향이고 뭐고 아무 쓸데 없는 건데……. 매향을 했는데도 왜구 놈들이 쳐들어왔잖아. 다 소용없어. 난 이제 부처님 같은 거 안 믿을 거야."

"네가 얼마나 아플지 알아. 하지만 네가 여기 있었어도 아버질 지켜 드리진 못했을 거야. 왜구 놈들을 누가 당해내겠니? 그러니 그놈들 말고는 아무도 원망 마."

효문의 말은 회초리처럼 강뫼의 가슴을 탁 내리쳤다.

'정말 내가 있었어도 아버지를 지켜 드리지 못했을까?'

강뫼는 뚫어져라 바다만 보았다.

"내려가자. 다들 걱정하신다."

효문이 강뫼의 소매를 잡아끌었다. 강뫼는 천천히 너럭바위에서 내려섰다.

3. 탐진을 등지고

해가 기울며 퍼지기 시작한 붉은 노을이 하늘을 가득 물들였다. 매생이국 끓이는 냄새가 부엌에서 흘러나왔다.

강뫼는 망연히 툇마루에 앉아 아버지 생각을 했다. 강뫼가 어렸을 적, 아버지는 일손이 한가할 때면 강뫼와 놀거나 마을을 한 바퀴 도는 걸 좋아했다. 그릇을 빚고 구울 땐 바늘 하나 들어갈 틈 없이 엄하고 무뚝뚝한 아버지였건만, 강뫼와 놀 때면 짓궂은 장난도 잘 치고 어린애같이 천진했다. 그런 아버지를 이젠 볼 수 없게 되었다.

슬픔을 아물리려 강뫼는 입술을 꽉 깨물었다. 그런데 문득 아버지가 빚은 청자가 보고 싶었다. 강뫼는 방으로 들어가 옷장에 몰래 숨겨 둔 청자 매병 석 점을 꺼내 왔다. 하나는 꼬마 매병이고, 나머지 둘은 생김새는 갖되 무늬만 다른 참외 모양 쌍둥이 매병이었다. 쌍둥이 매병은 주둥이가 나팔꽃처럼 벌어지고 목은 기다라며 몸통은 꼭 참외처럼 일정한 간격으로 골이 나 있었다. 또 밑바닥에 붙은 높다란 굽다리는 주름치마처럼 반듯 반듯하게 외주름이 잡혀 있는데, 하나는 무늬 없는 민무늬 매병 이고 다른 하나는 몸통에 모란과 국화무늬를 새긴 거였다. 강 뫼는 세 매병을 가슴에 품었다. 엊그제 작업장과 가마를 추스를 때처럼 가슴이 아파 왔다.

핏자국으로 물든 작업장과 가마를 효문과 함께 수습하면서 강뫼는 아버지가 떠난 것을 비로소 실감했다. 낯설고 서늘했다. 아버지를 여읜 작업장과 가마는, 당신이 남겨 놓고 간 청자들 은……. 그것들은 마치 아버지 삶의 사금파리인 양, 강뫼의 가 슴을 아프게도 콕콕 찔렀다.

불행 중 다행은 아버지가 빚은 청자가 그래도 여러 점 남은 것이었다. 참외 모양의 매병 두 점, 머리는 용 모양이고 몸은 물고기 형상인 술병, 호수에 띄워 놓으면 그대로 둥둥 떠갈 듯 한 오리 모양 연적, 사자와 기린을 닮은 향로, 그밖에 평범한 대접과 사발, 항아리, 접시, 정병*들까지……. 강뫼는 흙먼지를 옴팍 뒤집어쓰고 핏자국까지 말라붙은 그 청자들을 아버지의 몸을 염하듯 하나하나 정성껏 닦아 냈다.

그러다가 문득 아버지의 청자를 탐욕스런 소리**한테 다 넘겨 줄 순 없다는 생각을 하게 되었다.

그래서 강뫼는 청자 십여 점을 몰래 집으로 갖고 와 옷장 속

---

*정병 : 부처님께 드리는 깨끗한 물을 담는 병.
**소리 : 고려시대 때 자기소, 철소 등 특산물을 만드는 소를 관리하던 향리.

에 숨겼다. 소리가 알면 어쩔 셈이냐고 효문이 눈을 둥그렇게 떴지만 강뫼는 소리 따윈 하나도 무섭지 않았다. 어차피 왜구 놈들이 훔쳐 가고 깨부숴서 소리는 청자가 몇 점이 남아 있는지 도 잘 모를 터였다. 지금 돌이켜봐도 아버지의 청자를 갖고 오길 잘했다는 생각이 들었다. 하지만 그렇다고 모든 게 해결되는 건 아니었다.

'우린 이제 어떻게 살아야 할까. 아버지 없이도 잘 살 수 있을까?'

'아버지도 안 계신데 나는 청자를 빚을 수 있을까? 아버지처럼 훌륭한 사기장이 될 수 있을까?'

천 가지 만 가지 걱정 때문에 멍하니 있는데, 단비가 보리밥에 매생이국, 오이지를 갖추어 저녁상을 내왔다.

"어머니는 안 드신단다. 너라도 좀 먹어."

강뫼는 얼른 청자 매병들을 옷장에 갖다 두곤 밥상맡에 앉았다. 하지만 영 입맛이 돌지 않아 깨작거리기만 했다.

단비가 걱정스레 말했다.

"왜 그렇게 못 먹어? 많이 먹고 기운을 차려야지."

"입맛이 없어, 누나. 내일부턴 억지로라도 많이 먹을게."

막 밥숟갈을 내려놓을 즈음 치손이 사립 안으로 들어섰다. 치손은 단비보다는 두 살, 강뫼보다는 네 살이 많은 열아홉 살이었다.

"형, 어서 와요. 아직 저녁 전이면 같이 먹어요."

"아니다, 먹고 왔다."

강뫼는 새삼 치손이 반가웠다.

원래 강뫼는 치손을 썩 좋아하진 않았다. 그건 어머니가 아버지한테 치손을 흉보는 걸 몇 번이나 엿들은 탓일지 모른다. 부모를 일찍 여읜 탓인지 해맑은 구석도 없고 품성도 좀 얄팍한 것 같다며 어머니는 치손을 별로 내켜 하지 않았다. 항상 뭔가 뒷생각을 하는 것 같고, 단비를 온 마음으로 사랑하지도 않는 것 같다고도 했다. 하지만 아버지는 그릇 빚는 솜씨로는 치손만 한 젊은이가 없고, 데리고 일하다 보면 진중치 못한 품성도 나아질 거라며 어머니를 안심시켰다. 강뫼도 어머니의 생각에 공감 가는 구석이 많았다. 아버지나 어머니가 안 계실 때면 치손이 단비를 함부로 대하는 것 같은 데다, 걸핏하면 마을 처녀들과 어울려 진한 농지거리를 하는 모습을 여러 번 본 탓이었다. 그런데 아버지가 세상을 뜬 뒤론 왠지 치손이 든든하게 여겨지고, 심지어 의지하고픈 마음까지 드는 것이었다.

단비가 부엌으로 밥상을 들여가더니 떡차를 우려내왔다. 찻사발을 마루에 내려놓는 단비의 어깨를 치손이 은근히 어루만졌다.

"아이, 왜 이래요."

단비가 뺨을 노을처럼 붉히며 얼른 몸을 빼냈다. 강뫼의 낯도 덩달아 굳어졌다.

'뭐야, 아버지 안 계시다고 벌써 이렇게 나오나?'

물론 강뫼도 두 사람이 보통 사이가 아니란 건 알고 있었다. 늦은 밤 둘이서 보리밭에서 나오는 걸 보기도 했고, 새벽에 나무를 하러 가다가 산길에서 마주친 적도 있다. 뭐 혼인할 사이이니 으레 그러려니 했다. 하지만 지금은 언행을 삼가야 할 상

중이 아닌가.

강뫼가 언짢아하는 걸 눈치 챘는지 치손이 슬그머니 말머리를 돌렸다.

"할 이야기가 있어 왔다."

강뫼는 애써 얼굴을 풀었다.

"해 봐요, 형."

"우리 여기를 떠나자. 이젠 더는 여기서 청자를 구울 수 없지 않으냐? 가마도 다 무너졌고 언제 또 왜구 놈들이 쳐들어올지 모르는데……."

강뫼는 깜짝 놀랐다. 전혀 생각해 보지 않은 일이었다.

"어떻게 그래요. 아버지 가신 지 얼마나 됐다고……."

"난 진작부터 어르신한테 여길 떠나야 한다고 말씀드리고 싶었다. 내가 어르신을 설득해 여길 떠났더라면 그렇게 허망하게 돌아가시진 않았을 텐데……."

"형이 그랬대도 아버진 절대 안 떠나셨을 텐데요, 뭘."

"잘 생각해 봐. 지금 대구소에 남은 사기장이 몇이나 되냐? 왜구 놈들 등쌀에 남아난 가마가 없지 않으냐?"

안방 장지문이 홱 열리더니 어머니가 앉은걸음으로 나와 마루기둥에 몸을 기댔다.

"치손이 말대로 하자. 나도 이젠 여기선 무서워 못 살겠다. 떠나자. 어딜 가든 산 입에 거미줄 치겠느냐? 흐윽."

"어머니, 고정하셔요."

울먹이는 어머니를 단비가 끌어안았다.

"잘 생각하셨어요. 여기 이대로 있는 건 앉아서 죽을 날 기다리는 거나 마찬가집니다. 경상도든 충청도든 갈 수 있는 데는 많아요. 왜구 놈들이 육지까지 넘본다지만 갯마을보다는 안전하고요. 어디든 내륙으로 가서 청자를 빚으면 우리 식구 먹고 살 수 있어요."

치손의 말에 강뫼는 마음이 흔들렸다. 아버지의 뼛가루를 뿌린 산천, 태어나서 열다섯 살 될 때까지 살아온 갯마을 대구소를 떠나야 한다니…….

"가면 어디로 가요? 좋은 청자를 구우려면 좋은 흙과 나무가 필요한데 여기만 한 흙과 나무를 어디 가서 구하고요? 우린 아직 청자 만드는 기술도 부족한데…….."

강뫼의 말에 치손이 거드름을 피웠다.

"어르신이 까다로우셔서 그렇지, 고려 땅에 청자 구울 흙과 나무가 없겠느냐? 여길 떠난 사기장들도 다 내륙으로 가서 청자 빚고 잘만 산다."

어머니가 솔깃한 말투로 끼어들었다.

"정말 내륙으로 가서도 청자만 구우면 입에 풀칠은 하겠나?"

"그럼요, 제 솜씨 아시잖아요. 상감하는 거며 청자 유약 만드는 것까지, 제 솜씨 따라올 사람이 얼마나 있겠어요? 강뫼야 아직 많이 부족하지만 저한테 배우면 되고요."

강뫼는 치손이 거들먹거리는 게 영 언짢았다. 어머니는 그런 강뫼 속도 모르고 낯빛을 환히 밝혔다.

"정말인가? 어디든 가면 나도 자수며 바느질해서 한몫 거들겠네. 당장 떠나세. 하루라도 빨리."

"예, 알겠으니 어머니는 좀 쉬세요. 저희끼리 잘 의논해 볼게요."

단비의 곁부축을 받아 어머니가 방으로 들어가자 치손이 넌지시 말했다.

"어머님도 저러시니, 내일이라도 떠나자. 한시라도 미적거릴 필요가 없다."

강뫼는 어쩔 수 없다고 생각했다. 대구소는 이제 더는 안전하지 않고 어머니마저 저런 생각을 하고 있으니……. 그러나 효문을 두고 떠나는 건 생각만 해도 저릿저릿 가슴이 아팠다. 지산 스님의 뜻도 알아봐야 할 것 같았다.

"그래도 조금만 시간을 가져 봐요. 효문이도 만나 보고, 지산 스님 말씀도 들어 봐야지."

치손이 버럭 역정을 냈다.

"효문이는 왜? 또 스님이라고 뾰족한 수가 있을 것 같니?"

"그럼 아무 말도 않고 가요?"

강뫼도 화가 나서 톡 쏘아붙였다.

그러고 나니 갑자기 마음이 급해졌다. 당장에라도 절에 다녀와야 할 것 같았다.

짚신을 신고 사립을 나서는데 치손이 등 뒤에서 소리쳤다.

"절에 가냐? 스님한테 긴 얘기는 마. 그냥 어머님이 떠나자고 해서 간다고 해."

강뫼는 가타부타 대답하지 않았다.

산길엔 그새 어스름이 내려앉고 있었다. 집에서 여계사까지는 거리가 얼마 되지 않는데도 절에 도착했을 때는 어둠이 짙게 깔려 있었다.

해우소에라도 가려던 참이었는지 마침 효문이 앞마당을 지나가고 있었다. 밤바람이 산들 불면서 법당 처마에 매달린 풍경을 때렸다. 뎅뎅 맑은 풍경 소리가 어둠을 갈랐다. 그제야 강뫼를 발견한 효문이 헤벌쭉 웃었다.

"밤중에 웬일이냐? 나랑 자고 싶어 왔구나? 헤헤."

강뫼는 속마음을 숨기고 부러 씩씩하게 대답했다.

"미쳤냐? 구린 냄새 풍풍 풍기는 놈하고 자게? 지산 스님 계시는 데나 말해 봐."

"난 또……. 스님이야 요사채에 계시지. 근데 왜?"

강뫼는 효문의 물음엔 대답도 않고 요사채 쪽으로 갔다.

"야, 이 밤중에 왜 스님을 찾냐고?"

효문이 구시렁대며 뒤따라왔지만 강뫼는 아무 대꾸도 하지 않았다.

지산 스님은 편한 옷차림으로 떡차를 우려내고 있었다. 강뫼는 그 앞에 꿇어앉아 스님이 차 내리는 모습을 물끄러미 보았다. 효문은 궁금한 듯 엉덩이를 들썩이며 자꾸만 강뫼의 옆얼굴을 돌아보았다.

스님이 청자 다관에 떡차를 넣은 뒤 뜨거운 물을 부었다. 떡차가 둥실 떠오르며 서서히 부풀었다. 조금 뒤 맑고도 노란 찻물이 우러나자 스님이 작은 찻종지에 찻물을 따랐다. 그윽한 다향이 방 안 가득 퍼져 나갔다.

강뫼는 가슴이 먹먹했다. 스님이 쓰는 다구가 하필 눈에 익은 것들이기 때문이었다. 표주박 모양의 청자 다관이며 연꽃을 닮은 청자 찻종지, 연꽃 이파리 모양의 찻종지 받침까지…….

이태 전 가을, 스님 드리려고 특별히 만들었다며 아버지가 강뫼 손에 들려 보낸 것들이었다.

스님이 찻종지를 들어올리며 강뫼를 보았다.

"밤중에 웬일인고?"

강뫼는 떨어지지 않는 입을 가까스로 뗐다.

"스님, 어머니가 여길 떠나자고 하십니다."

효문의 눈동자가 화등잔만 해졌다.

"너, 지금 뭐라고 했어?"

스님이 손을 내저으며 효문을 제지하곤 찻물로 입술을 축였다.

"네 어미의 뜻이 정녕 그러하냐?"

"예."

스님이 찻종지를 내려놓았다. 찻종지 속 반쯤 남은 노란 찻물 위로 등잔불이 일렁거렸다.

"그럼 떠나거라."

효문이 울먹거렸다.

"안 돼요. 강뫼를 어떻게 보내요. 저는 어떡하라고……."

"그럼 어쩌느냐? 왜구놈들이 아녀자를 해치고 승려들까지 죽이는 마당인데……. 더는 청자도 구울 수 없지 않으냐? 그러니 떠나라는 거다."

강뫼는 서운했다. 그래도 지산 스님은 여기 남아 있으라고, 부처님이 지켜 줄 테니 걱정 말고 대구소에 남아 살라고 할 줄 알았다. 대구소는 강뫼가 열다섯 해를 살아온 곳이고, 지산 스님은 강뫼의 이름까지 지어 준 분이었다. 마른땅을 적시며 흐르는 강물처럼 그렇게 포근하게, 우뚝 솟은 산처럼 그렇게 큰 뜻을 품고 살라며……. 하찮은 사기장의 아들에겐 너무 버거운 이름이라며 아버지는 마뜩잖아했지만 강뫼는 스님이 지어 준 이름이 좋았다. 더구나 스님은 흉년이 들거나 가뭄이 심할 때면 양식과 종자를 고리대도 안 받고 빌려 주는 훌륭한 분이었다. 아버지가 안 계시다면 강뫼는 지산 스님 품 안에라도 있고 싶었다. 그런데 스님은 떠나라고 한다. 슬픔과 섭섭함이 파도처럼 몰려왔다.

효문이 벌떡 일어나 덤비듯 소리쳤다.

"강뫼 떠나면 저도 갈 거예요. 같이 갈 거라고요!"

스님이 눈을 둥그렇게 떴다. 강뫼도 놀라 스님과 효문을 갈마보았다.

방 안엔 무거운 침묵이 흘렀다. 숨죽은 듯 등잔불마저 잦아들었다. 스님이 찻종지를 들어 다시 입술을 축였다. 강뫼는 초조했다.

'아, 뭐라 말하실까. 안 된다고 하실까? 같이 떠나라고 하실까?'

스님이 입술을 뗐다.

"그렇게 하거라. 내가 욕심을 부린 게지. 사기장 피가 흐르는 놈한테 중노릇을 시키려 했으니, 허허……."

효문이 흐윽, 울음을 삼켰다. 스님이 효문의 머리를 쓰다듬었다.

"내가 너를 보내 주는 게 맞는 이치다. 울지 마라."

그러나 효문은 설움을 못 이기고 꺼이꺼이 흐느끼기 시작했다.

"너희 둘을 어찌 떼어놓을 수 있겠느냐. 서로 의지하며 열심히 그릇 빚고 살거라. 너희를 지켜 주십사고 나도 부처님께 항상 기도 올리마."

스님을 뒤로 한 채 강뫼와 효문은 요사채를 나왔다. 둘 다 눈자위가 벌게져 있었다.

절 마당으로 달빛이 훤히 쏟아져 내렸다. 효문이 젖은 목소리로 말했다.

"언제 떠날 건데?"

"내일 밤이나, 모레 밤쯤?"

"그렇게나 빨리?"

"어머니가 빨리 떠나자고 하셔. 너도 얼른 짐 챙겨."

"알았어."

효문과 헤어진 뒤 강뫼는 밤 깊은 절을 빠져나왔다.

자그마한 삼층석탑이, 우락부락 사천왕상이 서 있는 천왕문이, 낡고 오래된 일주문이, 서른세 개의 돌계단이 차례차례 등 뒤로 멀어져 갔다.

4. 배신

종일토록 날이 흐렸다. 하늘은 짙은 재색으로 내려앉고 바닷새들은 낮게 날아다녔다. 그래도 저녁이 다가오자 날이 조금씩 갰다. 다행이었다.

어스름이 내리기 전, 어머니와 단비는 짐을 싸기 시작했다. 지독에 있던 곡식은 죄다 훑어 자루에 담고 말린 나물과 버섯, 약초, 어포 따위는 제각각 보자기에 쌌다. 질그릇에 담아 땅속에 여둬둔 능금과 복숭아, 잣도 꺼내 둥구미에 담았다. 짭조름한 젓갈과 시큼히 익은 김치도 챙기고, 길 가면서 먹을 미숫가루는 쉽게 꺼낼 수 있게 따로 챙겼다.

장과 소금 항아리는 깨지지 않게 가마니로 둘둘 두르고 놋주발과 수저는 솥단지 안에 넣어 두었다. 쇳소리 나지 말라고 주발과 주발 사이, 수저와 수저 사이에 마른 볏짚을 촘촘히 끼워 넣는 것도 어머니는 잊지 않았다.

"내 정신도 참. 이걸 두고 갈 뻔했다."

반닫이에서 치마저고리 한 벌을 꺼내며 어머니가 말했다. 딸내미 혼례 때 입힌다고 손수 정성들여 지은 혼례복이었다. 안 그래도 벌써부터 눈시울이 붉어진 단비는 어머니가 농에서 고운신까지 꺼내 오자 기어이 눈물을 쏟았다. 혼롓날 신긴다며 아버지가 몇 날이나 걸려 정성껏 삼은 신이었다. 새꽤기에 빨강 파랑 왕골을 섞어 삼은 고운신은 강뫼가 보아도 고왔다. 혼례복과 고운신을 보자기에 싸며 어머니가 맵차게 내뱉었다.

"먼 길 가는데 성가시다. 눈물 바람 하지 마라."

단비는 고개를 푹 숙인 채 소매 끝으로 얼른 눈물을 훔쳤다. 안쓰러운 마음에 강뫼는 단비의 어깨를 토닥거려 주었다.

"이만하면 다 챙겼겠지? 빠뜨린 거 없는지 찬찬히 생각해 봐라."

어머니의 말에 강뫼는 화들짝 놀랐다. 가장 중요한 걸 빼놓고 갈 뻔했다. 강뫼는 얼른 방으로 들어가 옷장에 숨겨 뒀던 청자를 꺼내 왔다.

"웬 청자냐? 아버지 청자 아니냐?"

어머니가 눈을 크게 뜨며 물었다.

"맞아요. 소리한테 다 주기 아까워 몰래 숨겨 두었어요."

어머니는 가타부타 말없이 방으로 들어가더니, 광목 쪼가리를 잔뜩 내왔다. 그러고는 그 걸로 청자들을 돌돌 싼 뒤 볏짚을 겹겹이 대서 단단히 묶었다.

"이렇게 해서 옷 보따리 속에 넣으면 안 깨지겠지?"

청자를 정성스레 챙기는 어머니의 마음을 강뫼는 알 것 같았다. 그래도 꼬마 매병만큼은 어머니에게 안 보여 주고 몰래 봇짐 속에 넣었다.

짐을 다 싸고 나니 두둥실 달이 떠올랐다. 칠월 상순 끝이라 달은 반달과 보름달 중간 크기였다.

치손과 효문이 지게봇짐에 짚신 서너 켤레를 매단 차림으로 들어섰다. 치손은 뭐가 좋은지 싱글벙글했지만 효문은 운 티를 못 감추고 눈이 퉁퉁 부어 있었다.

툇마루에 앉아 있던 어머니가 몸을 일으켰다. 달빛 아래 설핏 눈가가 젖어 보였으나 목소리만은 예의 짱짱했다.

"다들 발감개는 했겠지? 먼 길 가려면 발이 제일 고생하느니라."

치손이 선선히 대답했다.

"예, 그럼요."

"그럼 어서 가자. 달빛이 훤해 초롱불은 안 켜도 되겠다."

저마다 제 몫의 짐을 이고 지자 강뫼가 툇마루의 등잔불을 껐다. 집은 금세 깜깜한 어둠에 파묻혀 버렸다.

휘이익 바람이 불며 숲이 한바탕 울었다. 멀리선 밤새가 슬픈 울음을 울었다.

길을 떠난 지 나흘째 되는 날 새벽이었다. 주막 곁방에서 단잠에 빠진 강뫼를 누군가 마구 흔들어 댔다.

"강뫼야, 얼른 일어나 봐. 치손이 형이 없어졌어."

잠이 덜 깬 강뫼는 무슨 소린가 싶어 눈만 비볐다. 효문이 홑이불을 확 들췄다.

"일어나라니까! 치손이 형이 없다고!"

강뫼는 벌떡 몸을 일으켰다.

"무슨 소리야? 치손이 형이 왜 없어져?"

"마당에 나가 봐. 너희 짐 보따리가 막 흐트러져 있어."

강뫼는 맨발로 뛰쳐나갔다.

주막 마당엔 잠들기 전 머리맡에 놓아둔 보따리가 마구 흐트러진 채 널브러져 있었다. 청자들을 넣어 둔 보따리였다. 강뫼는 미친 듯 이리저리 보따리를 헤집어 보았다. 없었다. 청자는 단 한 점도 없었다. 강뫼는 털썩 주저앉았다. 온몸이 부들부들 떨려 왔다.

"나쁜 놈! 청자를 훔쳐 갔어! 아버지 청자를!"

효문이 놀란 눈으로 물었다.

"아저씨 청자가 있었어?"

강뫼는 맥없이 고개만 끄덕였다.

"얼마나 있었는데? 다 훔쳐 갔어?"

효문이 내처 물었지만 강뫼는 대답은 않고 뛰어들듯 곁방으로 갔다. 몇 걸음 되지도 않는 그 사이에도 가슴이 쿵덕쿵덕 두 방망이질했다. 다행히 꼬마 매병을 넣어 둔 봇짐은 간밤 놓아둔 자리에 그대로 있었다. 강뫼는 떨리는 손으로 봇짐을 풀어헤쳤다. 꼬마 매병은 거기 그대로 있었다.

'아, 이거라도 있으니 다행이다.'

강뫼는 가슴을 쓸어내렸다. 그렇다고 치손에 대한 분노가 사그라진 것은 아니었다.

혹시나 하며 한 가닥 기대를 걸었지만 치손은 해가 저물도록 돌아오지 않았다. 단비는 몸져눕고 말았다. 어머니는 땅이 꺼져라 한숨을 내쉬었다.

"그놈이 은혜를 원수로 갚는구나. 품성이 얄궂다 여겼더니 기어이……. 아이고, 우리 단비는 어이할꼬."

그래도 어머니는 언제 그랬냐는 듯 하루 만에 툭툭 털고 일어났다. 아버지를 여읜 뒤 어머니는 한층 강해진 성싶었다. 하지만 단비는 쉽게 일어나지 못하고 밥숟가락조차 입에 대지 않았다. 어머니가 노여움과 걱정을 반반씩 섞어 단비를 구슬렸다.

"너 버리고 간 놈, 아버지 청자까지 훔쳐 간 놈이다. 잊어라. 그래야 네가 산다."

단비는 누운 채 하염없이 눈물만 흘렸다.

강뫼는 더 볼 수 없어 밖으로 뛰쳐나갔다.

언제 뒤따라 나왔는지 효문이 강뫼의 어깨를 토닥거렸다.

"희망을 갖자. 희망을 버리지 않는 한 어떤 어려움도 헤쳐 나갈 수 있어."

"다 글렀어. 우린 청자 만드는 법도 다 모르잖아. 그놈 없이 청자를 어떻게 만드냐고. 아버지 청자도 하나 없잖아. 보고 흉내 낼 것조차 없는데, 어떡하냐고! 그놈은 우리 누나까지 배신했다고."

"물론 아저씨 청자가 있고 치손이 형도 있으면 더 잘할 수 있겠지. 하지만 이게 부처님의 뜻인지도 몰라. 우리 스스로 앞길을 개척해 가라는……."

강뫼는 어깨에 얹혀진 효문의 손을 탁 뿌리쳤다. 목소리에 바짝 날이 섰다.

"집어치워! 부처님 뜻이 이리 가혹하냐? 신물 난다."

"그럼 이제 어쩌려고?"

"몰라, 나도 모르겠어."

"우리 아버지가 그랬어. 자신 없다, 할 수 없다, 그렇게 생각하면 정말 아무것도 할 수 없게 된다고. 그러니까 자신 있다, 할 수 있다, 늘 그렇게 생각하라고…… 강뫼야, 난 우리가 아주 엉터리는 아니라고 생각해. 그리고 넌 나보다 청자 빚는 솜씨가 훨씬 낫잖아."

"아니야, 난 아직 한참 멀었어."

"어디든 가마 있는 데 가서 열심히 배우고 일하자. 그럼 밥 걱정은 안 해도 될 거고 언젠가는 우리 아버지들처럼 훌륭한 사기장이 될 거야. 그리고 인마, 네가 힘을 내서 어머니랑 누나를 보살펴야지, 이러고 있을 틈이 있냐?"

효문의 말이 강뫼 가슴에 화살처럼 꽂혔다.

'맞아. 슬퍼하고 화만 내는 게 전부가 아냐. 어머니와 누나를 돌보아야 하니까……'

효문이 씩 웃으며 오른손 새끼손가락을 내밀었다.

"약속하자. 우리 서로 의지하며 열심히 살기로! 언제까지나 함께 하며 어려움도 함께 헤쳐 나가기로!"

강뫼는 효문의 손가락에 자기 손가락을 걸었다. 가슴이 뜨뜻해지면서 아까보단 마음이 한결 편안해졌다.

서늘해진 바람이 얼굴을 스치고 지나갔다. 며칠 새 늦여름 더위가 수그러들고 가을이 성큼 다가오고 있었다.

5. 계룡산 기슭

산기슭 아래 납작 엎드린 마을엔 여러 채의 집들이 옹기종기 모여 있었다. 집집 굴뚝마다 피어오른 밥 짓는 연기가 산등성이 노을 위로 퍼져 나갔다.

마을이 눈앞에 들어오자 강쇠는 저절로 다리가 풀렸다. 벌써 스무 날 가까이 걸어온 길이었다. 허벅다리에 가래톳이 사납게 서고, 더는 걸을 수 없으리만치 종아리도 뻣뻣했다. 발바닥에도 물집이 맺혀 한 걸음 한 걸음 걸을 때마다 아주 많이 쓰라렸다.

어머니와 단비는 지친 기색이 역력했다. 그나마 가장 팔팔한 건 효문이었다.

치손이 도망친 뒤 나흘 만에야 일행은 다시 길을 떠났다. 어머니가 몸져누운 단비를 구슬리고 구슬려 겨우 출발한 거였다. 출발하기까지가 힘들었지, 일단 발걸음을 뗀 뒤엔 단비는 속마음을 완전히 감췄다. 성품이 워낙 야무지기도 했지만 식구들 때문에 일부러 아등바등 힘을 내는 것 같아 강뫼는 누나가 안쓰럽기만 했다.

이제 막 당도한 충청도 공주목 계룡산 기슭은 원래 치손이 목적지로 삼은 곳이었다. 청자 굽는 가마가 여럿 있어 일자리를 금방 잡을 수 있을 거란 얘기였다. 그러나 믿음을 저버리고 도망친 치손의 말을 곧이곧대로 믿을 수는 없었다. 그래서 강뫼는 여기로 오는 게 영 찜찜해, 할 수만 있다면 다른 곳으로 가고 싶었다. 그러나 내륙에서 가마를 짓고 청자 굽는 곳을 이곳 말고는 알지 못했다. 일단은 이쪽으로 발길을 향할 수밖엔 없었다.

마침 마을 어귀에 있는 버드나무 아래 평상에서 노인 셋이 장기를 두고 있었다. 어머니와 단비는 뒤에 멀찌감치 있게 하고 강뫼와 효문이 노인들 가까이 갔다. 노인들은 장기를 두는 틈틈이 두런두런 얘기를 나누고 있었다.

"어린 임금 내쫓고 꼭두각시로 올라간 새 나라님도 요즘 편치 않다 하더군. 나라가 어찌 되려고 이리 어지러운지."

"새 나라님도 임금 자리 싫다 했는데 이성계가 억지로 앉혔다잖은가."

"허 참. 이성계가 뭔가? 위쪽에선 '나무 아들이 나라를 얻네.' 어쩌고 하는 노래가 유행이라던데 말조심하게."

"나무 아들? 그게 누군데?"

"누구긴, 위화도에서 군사를 돌렸다는 이성계 장군이지. 난 무식해서 모른다만 나무하고 아들의 한자를 합치면 딱 이 씨 성이 된다더만. 이 씨 성을 가진 사람이 새 나라를 세운다는 뜻이랴. 지금 이 씨 중에 가장 잘 나가는 사람이 그이 말고 누가 있나?"

"이 사람들이! 그런 소리 함부로 지껄이다간 제 명에 못 죽을 테니 입 닥치게나. 우리 같은 천한 백성이야 등 따시고 배부르면 그만 아닌가. 나랏일은 양반들끼리 씨부렁거리라 하고 우리는 먹고 살 궁리나 하세."

"그려, 장기나 두세."

끼어들 틈을 못 찾아 우물쭈물하던 강뫼는 그제야 꾸벅 인사를 했다.

"어르신들. 말씀 좀 여쭙겠습니다. 청자 굽는 가마가 여기 어디 있다던데. 혹시 아시는지요?"

유난히 눈썹이 희고 숱 많은 노인이 대답했다.

"아, 저기 동학사 아래에 있는 가마 말인가? 보안 유천*에서 온 사기장이 한다는?"

강뫼는 단박에 가슴이 뛰었다.

"어디서 온 분인지는 모르고요. 저희는 가마만 찾으면 됩니다."

"그럼 동학사 아래로 가 보게. 거기 사기장이 제법 청자를 잘 굽는다더구먼."

"고맙습니다, 어르신."

"자네들 낯이 선데, 어디서 왔나? 가마는 왜 찾는고?"

"저희는 전라도 탐진 대구소에서 왔습니다. 여기서 일 좀 해

---

*보안 유천 : 지금의 전북 부안군 유천리. 고려시대에 전남 강진 다음으로 최고의 청자를 빚던 자기소가 있었다.

볼까 하고요."

효문이 대답하자 몸이 바짝 마른 노인이 끼어들었다.

"오호, 대구소라면 청자 잘 만들기로 이름난 곳 아닌가? 왜
구 놈들 때문에 바닷가 가마가 다 쑥대밭이 됐다더니 사실인가
보군. 이렇게 사기장들이 내륙으로 오는 걸 보니 말이야. 마침
그 가마 사기장이 일손을 찾는다고 들었네. 어서 가 보게나."

강뫼 일행은 노인들에게 깍듯하게 인사한 뒤 한껏 부푼 마음
으로 발걸음을 옮겼다.

노인들이 가르쳐 준 곳은 소나무가 빽빽이 들어찬 산기슭이
었다. 가까운 날 비가 내렸는지 숨 막힐 듯 나무 향기가 짙고 산
길도 꽤나 질척거렸다. 산어귀에서 얼마만큼 걸어 올라가자 절
과 더불어 그 아래 자리 잡은 가마가 보였다. 그 맞은편엔 작업
장인 듯, 제법 널찍해 보이는 집채도 눈에 들어왔다.

작업장 가까이 다가가자 마침 문이 삐걱 열리며 한 소녀가
밖으로 나왔다. 분을 바른 듯 얼굴이 희고, 검은 머리를 하나로
묶어 한쪽 어깨 아래로 늘어뜨린 소녀였다. 소녀를 보는 순간,
강뫼의 가슴엔 출렁, 커다란 너울이 일었다.

무심코 걸어 나오던 소녀가 강뫼 일행을 보곤 그 자리에 우
뚝 섰다. 밤바다처럼 검은 눈동자가 점점 커다래졌다. 소녀를
안심시킬 양, 어머니가 먼저 말을 붙였다.

"말 좀 묻겠네. 이 가마가 보안에서 오신 사기장이 하시는 가
마인가?"

"맞아요. 저희 아버질 찾으세요?"

겁먹은 표정을 풀고 소녀가 대답했다. 투명하리만큼 맑고,

통통 뛰어 오르는 듯 높은 목소리였다. 그때 작업장 안에서 낮고도 굵직한 목소리가 흘러나왔다.

"밖에 누가 왔느냐?"

"예, 나와 보셔요. 아버지를 찾는 분들이 있어요!"

턱수염이 수북한 데다 우락부락하게 생긴, 그러나 눈빛만은 무척 선해 보이는 중씰한 남자가 문 밖으로 모습을 내밀었다. 그릇을 빚던 참이었는지 손이며 옷이 온통 흙투성이였다. 강뫼가 머뭇거리는 사이 효문이 나섰다.

"일손을 찾으신다기에……. 저희는 탐진 대구소에서 왔습니다. 저희가 그릇을 좀 빚을 줄 압니다만."

효문의 말을 거들어야 한다 싶은데, 강뫼는 선뜻 말문이 열리지 않았다. 보다 못한 어머니가 얼굴을 붉히며 말했다.

"이 아이들이 저희 아비한테 웬만큼은 배웠답니다. 저하고 제 딸도 가마일 뒤치다꺼리는 흰하고요."

강뫼는 조마조마했다. 아직 몸이 성치 않은 어머니 때문에라도, 마음을 다친 누나 때문에라도 더는 길을 가는 건 무리였다. 추석도 이제 겨우 열흘 남짓밖엔 남지 않았다. 어디에서건 빨리 보금자리를 틀고 둥글게 뜬 한가위 대보름달을 보고 싶었다.

사기장은 별로 내키지 않는다는 듯한 얼굴이었다.

"그럼 솜씨나 좀 봅시다. 일손이 필요하다고 아무나 받아 줄 순 없지 않소? 어디, 한번 물레를 차보겠느냐?"

강뫼는 가슴이 턱 막히는 듯했다. 아버지 말고 다른 사람 앞에선 한 번도 물레를 차본 적이 없었다.

소녀가 불쑥 끼어들었다.

"아이, 아버지. 그냥 일 시키면 안 돼요? 탐진 대구소라면 알아주는 데잖아요."

사기장이 마뜩찮다는 표정으로 소녀를 나무랐다.

"무슨 소리냐? 아무리 일손이 달린다 한들 개나 소나 덥석 받는단 말이냐? 저번에 그놈들 허튼 수작을 보고서도 그러느냐?"

달리 방도가 없었다. 이 과정을 통과해야만 했다. 강뫼는 효문을 보았다. 알겠다는 듯 효문이 고개를 끄덕였다.

'그래, 우리가 거쳐 가야 할 첫 번째 길이야. 피하면 안 돼.'

강뫼는 마음을 다잡고 씩씩하게 말했다.

"어르신, 물레를 차보겠습니다."

효문도 당차게 말을 받았다.

"저도 해 보겠습니다."

둘은 사기장을 따라 작업장 안으로 들어갔다. 어머니와 단비, 사기장의 딸도 뒤따라 들어왔다.

작업장으로 들어서자 강뫼는 한결 마음이 편안해졌다. 크기나 구조가 아버지의 작업장과 이상하리만치 비슷했기 때문이었다. 사기장이 고갯짓으로 물레 쪽을 가리켰다. 강뫼가 먼저 자리에 앉자, 사기장이 물레판 위에 꼬박질흙* 한 덩어리를 올려놓았다.

잔뜩 긴장한 탓일까, 작업장 안이 더운 탓일까. 시작도 하지

---

*꼬박질흙 : 도자기를 만들기 위해 잘 반죽된 질흙. 산에서 퍼온 흙을 물에 넣어 가라앉힌 뒤 앙금이 남은 흙을 말려 물을 부어 반죽한다.

않았는데 강뫼의 이마엔 굵은 땀방울이 성글성글 맺혔다. 소녀가 조르르 나가더니 물 한 바가지를 들고 와 불쑥 내밀었다.

"어휴, 땀 좀 봐. 이거 좀 마시고 해요."

강뫼는 냉큼 물바가지를 받아 단숨에 들이켰다. 꿀이라도 탄 듯 물이 달았다. 달뜨고 불안했던 마음이 그제야 차분하게 가라앉았다.

소녀에게 바가지를 되건네고 땀을 소맷부리로 닦은 뒤, 강뫼는 심호흡을 했다. 그러곤 꼬박질흙을 물레판 위에 눌러 붙이고 발로 물레를 차기 시작했다.

둥근 물레판이 빙빙 돌았다. 강뫼는 계속 물레를 차면서 두 손으론 질흙덩이를 위로 힘껏 쭉쭉 뽑아 올렸다. 볼품없던 질흙덩이가 길쭉한 원뿔 모양이 되었다. 이번엔 왼손 엄지손가락을 원뿔모양 질흙 한가운데에 대고 꾹 눌렀다. 질흙 한가운데에 작은 구멍이 생기더니 사발 모양으로 점점 크게 벌어졌다. 강뫼는 지질박**으로 그릇 안팎을 다듬어 주고, 바닥도 조심조심 고루 눌러 주었다.

작업장 안에는 사람들의 숨소리와 물레 차는 소리만 가득했다. 들창 밖에선 간간히 산새가 울었다.

이윽고 사발이 다 빚어졌다. 강뫼는 사발 아래에 굽 모양을 만든 뒤 물레판과 굽바닥 사이에 삼줄을 넣고 양끝을 팽팽히 잡아당겼다. 사발의 굽바닥이 물레판에서 가뿐히 분리되었다. 강

**지질박 : 물레를 차서 작은 그릇을 만들 때 안쪽 면을 고르게 하기 위해 쓰는 도구.

뫼는 작은 목판 위에 사발을 올려놓았다.

이마에 맺힌 땀을 훔치며 강뫼는 사기장을 보았다. 숨은 찼지만 마음은 거뿐했다. 이제 최선을 다해 그릇을 빚었으니 잘했는지 못했는지 판단하는 건 사기장의 몫이다. 그러나 사기장은 달다 쓰다 말없이 효문에게 고갯짓을 했다.

효문이 물레 앞에 앉았다. 사기장은 다른 주문을 했다.

"너는 꼬박밀기*를 해 보거라. 어느 가마든 마찬가지겠지만 내 밑에서 일하려면 허드렛일하는 잡일꾼은 물론이고 꼬박밀기하는 시중꾼 일도 잘해야 한다."

사기장은 작업장 바닥 한쪽을 깨끗이 한 뒤 그 위에 질흙덩이를 휙 던졌다.

효문은 깨끗이 발을 씻고 맨발로 올라서 잘근잘근 질흙을 이겨 밟기 시작했다. 밟을 때마다 바깥쪽으로 밀려나는 흙은 안으로 끌어 모으고, 안으로 모인 흙은 밖으로 뒤집어가며 계속 꼬박밀기를 했다. 얼마 뒤 질흙덩이 위엔 효문의 발자국이 커다란 꽃송이 모양으로 찍혔다.

저고리가 온통 땀범벅이 될 무렵에야 효문은 질흙덩이에서 발을 뗐다. 사기장은 질흙을 뚝 떼더니 샅샅이 훑고 만져도 보았다. 강뫼가 얼핏 보기엔 그만하면 공기구멍 하나 없이 꽤나 차질 것 같았다.

조금 뒤 사기장이 입을 뗐다.

"이 아이들을 부려 보지요. 일은 내일부터 시킬 테니 오늘은

---

*꼬박밀기 : 그릇 빚는 흙을 차지게 하기 위해 발로 밟아 이겨 주는 과정.

짐이나 풀고 좀 쉬십시오. 아란아, 집으로 모시고 저녁도 좀 차려 드려라."

"정말예요, 아버지? 정말이에요?"

소녀가 달뜬 표정으로 말했다.

"으흠."

사기장이 헛기침을 하며 소녀를 흘겼다. 순간 소녀와 강뫼의 눈이 딱 부딪쳤다. 강뫼는 얼굴이 화끈 달아올라 얼른 고개를 돌렸다. 소녀를 처음 보았을 때처럼 가슴에 또다시 커다란 너울이 일었다.

6. 아란

"어째 솜씨가 만날 제자리걸음이냐? 그만큼 배웠으면 좀 늘어야 네놈들 체면도 서는 거 아니냐? 대구소 사기장들 솜씨가 고려 땅에서 최고라더니, 이놈들은 어째 영…….."

강뫼가 빚은 그릇을 보며 아저씨가 혀를 찼다. 강뫼는 벌게진 얼굴을 푹 숙였다.

때마침 아란이 점심 광주리를 이고 불쑥 들어섰다. 귓가에 연분홍 진달래꽃을 꽂은 아란은 오늘따라 더 곱고 화사해 보였다. 강뫼는 이래저래 마음이 언짢았다.

'아란이는 왜 하필 이때 온담? 내가 야단맞는 걸 다 들었을 거 아냐.'

강뫼의 속마음을 아는지 모르는지, 광주리를 내려놓으며 아란이 쌩긋 웃었다. 강뫼는 온몸이 사르르 녹아내리는 것만 같았다. 처음 보았을 때도 그랬지만 요즘 들어 강뫼는 아란만 보면 더더욱 가슴이 벌렁거렸다.

강뫼와 효문, 둘 사이에 선 채 아란이 두 손을 허리에 짚었다.

"왜요, 아버지? 강뫼랑 효문이 솜씨 별로예요?"

"그래. 대구소에서 왔다기에 기대를 했는데 영 엉망이구나. 보자, 이놈들이 여기 온 지 얼마나 됐지? 어이쿠, 벌써 두 계절이 지났네."

강뫼가 빚은 그릇을 살피며 아란이 고개를 갸웃했다.

"이만하면 괜찮잖아요. 유약 입혀 잘 구우면 좋은 청자가 될 거 같은데……."

"네가 뭘 안다고! 멀어도 한참 멀었다. 효문이, 너도 마찬가지야."

"알겠습니다. 아저씨."

효문이 씩씩하게 대답하며 아란에게 한쪽 눈을 찡긋했다. 아란은 진달래꽃처럼 얼굴을 붉히며 딴청을 피웠다.

"아버지, 시장하실 텐데 꽃지짐이나 드셔요. 단비 언니가 부쳤는데 정말 맛있어요. 진달래꽃 넣은 거예요."

"꽃지짐 좋지. 난 나무 그늘에서 먹을 테니 너희끼리 오순도순 먹어라."

꽃지짐 접시를 들고 아저씨가 나갔다. 강뫼와 효문은 손에 묻은 흙을 대충 턴 뒤 바닥에 펑퍼짐하게 앉아 꽃지짐을 먹기 시작했다.

꽃지짐을 손으로 뚝 떼어 한 입 집어넣으며 강뫼는 아저씨의 말을 곱씹어 보았다.

'정말 내 솜씨가 형편없는 걸까? 내 생각엔 조금은 나아진 것 같은데.'

마음이 어두워지며 지난 몇 달 동안의 일들이 주마등처럼 머릿속을 스쳐 지나갔다.

지난해 늦여름 이곳으로 왔는데 벌써 새 봄이 되었다. 아저씨 말대로 계절이 두 번 바뀐 것이다.

돌이켜보면 모든 게 꿈속의 일만 같았다. 아버지가 갑자기 돌아가신 것도, 대구소를 떠나와 계룡산 기슭으로 온 것도……. 그래도 아저씨를 만난 건 행운이었다. 아저씨 덕분에 낯선 타향에서 일찌감치 자리를 잡고, 아란네 집 옆에 있던 빈집을 손보아 보금자리도 쉽게 마련했기 때문이다. 어렴풋이 짐작했듯 아란네도 왜구의 침입으로 식구와 가마를 잃고 부녀가 단둘이서 계룡산 기슭으로 온 거였다.

강뢰와 효문은 처음엔 보안 사기장을 '어르신'이라 불렀다. 하지만 정작 본인은 그러지 말라 했다. 한 가마에서 일하고 한 식구처럼 같은 밥상머리에 앉으니 그냥 편하게 '아저씨'라 부르라 했다. 호칭 때문만은 아니었을 것이다. 강뢰는 언제부턴가 아저씨가 아버지 다음으로 미덥고 존경스러웠다.

강뢰와 효문이 일을 거들기 시작한 뒤론 아란네 가마도 훨씬 활기를 띄었다. 주문이 두 배 이상 늘어나고 일손도 바빠졌다. 아저씨는 변덕스럽지 않고 무던한 성격이라 크게 면박을 주지도 않고 크게 칭찬도 않으면서 강뢰와 효문을 부렸다. 그래도 더러는 눈물이 쏙 빠질 정도로 야단을 칠 때도 있었지만.

어머니는 가마 뒤치다꺼리하는 틈틈이 바느질과 자수 품팔

이를 해서 살림에 보탰다. 대구소에 있을 때도 부지런하기론 따를 사람이 없던 어머니였다. 마음의 상처가 아직 채 아물지 않았으련만, 단비도 허투루 시간을 보내지 않고 어머니 일을 곧잘 거들었다.

아란은 강뫼, 효문과 동갑이기도 했다. 어머니는 효문을 작은아들로 여기듯, 아란을 작은딸 삼아 살뜰히 보살폈다. 단비도 아란을 친동생처럼 아꼈다. 잠만 두 집으로 나뉘어서 잘 뿐, 두 집 살림인지 한 집 살림인지 헷갈릴 만큼 강뫼네와 아란네는 모든 걸 함께 했다.

'여기서 참 빨리 자리를 잡았어. 다 아저씨 덕분이지. 아저씨를 못 만났더라면 지금도 어디선가 힘들게 헤매고 있을지 몰라.'

강뫼는 새삼 아저씨가 고마웠다. 하지만 한편으론 섭섭한 마음이 안 드는 것도 아니었다.

'아저씨는 다 좋은데, 걸핏하면 대구소를 들먹거리시는 게 문제야. 청자 유약 만드는 거랑 상감하는 법은 언제 가르쳐 주시려나?'

이 생각 저 생각 하는데 아란이 옆구리를 꾹 찔렀다.

"무슨 생각 해? 꽃지짐도 안 먹고? 응?"

"아, 아니야. 그, 그냥……."

"하하, 너, 아까 우리 아버지가 한 말 때문에 그러지?"

"아, 아니라니까!"

"아니긴. 얼굴 빨개지는 것만 봐도 내가 다 안다. 근데 아무래도 너희 솜씨가 별론가 봐? 우리 아버지가 저렇게 타박하시는 걸 보면……."

아란의 말을 효문이 툭 잘랐다.

"무슨 소리야? 강뫼 솜씨가 얼마나 많이 늘었는데. 아란이, 너 모르냐? 강뫼 아버지가 나라님 쓰시는 청자만 빚던 사기장이셨던 거? 할아버지는 대국에 조공으로 보내는 청자를 빚으셨고."

"왜 몰라, 알지. 근데 아버지가 최고인 게 무슨 상관이람? 아버지가 최고면 아들도 최곤가?"

아란이 장난기 가득한 목소리로 종알거렸다. 강뫼는 얼굴이 화끈 달아올랐다.

"왜 상관이 없어? 그 피를 물려받았으니 그 아버지에 그 아들이지. 두고 보라고, 강뫼는 고려 최고의 사기장이 될 테니까. 강뫼 꿈이 얼마나 큰데."

효문의 말에 아란이 입술을 삐죽거렸다.

"쳇, 친구 아니랄까 봐 엄청 역성드네. 그럼 효문이 넌 뭔데? 강뫼는 고려 최고의 사기장이 될 거고, 너는?"

"난 강뫼 다음 가는 사기장 하면 되지. 친구 자리를 뺏기는 싫거든!"

효문이 헤벌쭉 웃으며 말끝을 아물렸다. 효문의 말도 아란의 말도 강뫼는 다 마음에 걸렸다. 다른 때 같으면 그냥 그러려니 했을 텐데 아란이 자기 솜씨를 갖고 이러쿵저러쿵하는 것도 기분 나빴다.

"그만들 해. 아란이 말이 맞지 뭐. 할아버지랑 아버지가 훌륭한 사기장이셨다고 내가 저절로 훌륭한 사기장이 되는 건 아니니까. 보시기에 한참 멀었으니 아저씨도 그런 말씀 하실 테고……."

아란이 샐쭉한 낯으로 강뫼의 등짝을 탁 쳤다.

"어휴, 좀생이. 내가 놀렸다고 대번에 토라지는 것 좀 봐. 알았어, 내가 말실수했다. 대신 그 대가로 내가 중요한 거 이야기해 줄까?"

"뭔데?"

"이거 진짜 비밀인데, 너희 오기 얼마 전에 우리 가마에 그릇 깨나 빚는다는 총각이 둘 왔었어. 너희보다 나이가 좀 많았을 거야. 근데 우리 아버지가 며칠 부려 보곤 내치시지 않았겠니? 너희는 부릴 만하고 쓸 만하니까 이렇게 오래 데리고 있는 거라고. 그러니까 기죽지 말고 열심히 일이나 하셔. 알았지?"

"그래, 알았다, 알았어. 잘 알아 모실게. 됐지?"

아란과 효문이 말을 주거니 받거니 하는 참에 아저씨가 작업장 안으로 들어섰다.

"강뫼, 넌 나하고 절에 좀 다녀오자. 운봉 스님이 찻사발 좀 더 가져다 달라시네. 효문이는 하던 일 마저 하고 있고."

"예."

아란이 새살거리며 아저씨의 옷깃을 잡았다.

"저도 따라가면 안 돼요? 심심한데."

"어허, 심심할 틈이 어디 있느냐? 아주머니랑 단비 언니 일이나 좀 도와. 요즘 일감이 많아서 허덕대던데, 너도 열심히 거들어야지."

"흠, 알았어요."

아란이 살짝 삐진 듯 입을 쏙 내밀었다.

강뫼는 곧 청자 찻사발을 나무 상자에 챙겨 지게에 싣고 아저씨를 따라나섰다.

산자락마다 비치는 봄 햇살은 마냥 따사로웠다. 엊그제 봄비가 제법 내린 덕분에 축축한 땅에선 풋풋한 흙냄새와 달콤한 봄 내음이 풍겼다. 겨우내 긴 잠을 자다 일어난 나무들도 상큼한 봄 향기를 양껏 뿜어냈다. 강뫼는 아저씨 뒤로 몇 걸음 떨어져 걸었다.

한참을 걷다 보니 옹달샘이 나왔다. 앞장서 걷던 아저씨가 발걸음을 멈췄다.

"봄 햇살이 꽤 뜨겁구나. 목 좀 축이고 가자."

강뫼는 지게를 내려 샘터 앞에 작대기로 괴어 놓았다. 아저씨가 샘물을 한 바가지 들이켜곤 손수 한 바가지를 떠서 강뫼에게 건넸다. 강뫼는 조롱박을 두 손으로 받아들고 단숨에 샘물을 들이마셨다. 갈증이 가시며 온몸에 생기가 솟았다.

아저씨가 샘터 앞 판판한 바위에 앉으며 강뫼더러 손짓을 했다.

"옆에 좀 앉거라."

강뫼는 황송한 듯 아저씨 옆에 엉덩이를 걸쳤다.

"일할 만하느냐? 힘은 들겠다만 열심히 하거라. 나도 네 나이 땐 밤낮 안 가리고 열심히 일을 배웠느니라."

"예."

"들었느냐? 요즘 나라에선 성리학인가 뭔가 하는 신학문을 공부한 젊은 사대부들을 높은 벼슬에 앉힌다더라. 그런데 그 양반들이 다회를 무척 즐긴다지 않던? 게다가 왜구 놈들 물리칠 화포 만드느라 민가에서도 놋 제품을 일절 못 쓰지 않느냐? 놋그릇이며 놋수저, 놋대야 할 것 없이 죄다 긁어모아 화포를 만들어야 하니 말이다.”

“그래서 놋그릇 대신 사기, 목기를 쓰라는 영이 내린 게지요?”

“아무렴. 그러니 이래저래 앞으론 우리 가마가 더 바빠질 게야. 부지런히 일하거라. 그러다 보면 타향살이 아픔도 잊고, 살림도 한결 나아지지 않겠느냐?”

아저씨의 말에 강쇠는 목울대가 뻐근했다. 그런데 한 가지 궁금한 게 있었다. 강쇠는 우물쭈물 망설이다 용기를 내 입을 뗐다.

“아저씨, 상감하는 건 언제 가르쳐 주세요? 얼른 배우고 싶은데요.”

“허허, 네가 그릇 욕심이 많구나. 하긴 그릇 모양을 아무리 잘 빚는다 한들 상감을 제대로 못하고 청자 유약을 못 만들면 무슨 소용 있겠느냐. 근데 넌 왜 상감하는 걸 못 배웠느냐? 아비가 안 가르쳐 주더냐?”

“지난여름, 가르쳐 주기로 약조를 하셨는데, 그만 왜구 놈들한테…….”

“그랬구나. 이번 일만 마치면 가르쳐 주마. 상감하는 게 웬만하다 싶으면 유약 만드는 것도 가르쳐 주지. 아란이 오라비가 나한테 상감을 배우다가 그만 세상을 떴단다. 그놈이 상감을 곧잘 했는데 말이다. 그러니 너희한테라도…….”

아저씨는 말꼬리를 흐리며 몸을 일으켰다.

"스님 기다리시겠다. 어서 가자꾸나."

강뫼는 얼른 일어나 지게를 들어올렸다. 지게 위에 수북이 쌓였던 꽃잎들이 바람결에 하늘하늘 흩어졌다.

7. 사랑을 놓치다

　바쁜 나날이 흘러갔다. 가마는 쉴 새 없이 돌아갔다. 일손이 모자라자 허드렛일을 할 아이도 둘 들였다. 열네 살짜리 검동과 그보다 한 살 어린 풍이였다.

　저잣거리에 사기전도 열었다. 작업장과 가마에선 청자를 만들고, 주문을 받거나 파는 건 사기전에서 하기로 한 것이다. 사기전 일은 아란과 단비가 맡았다. 단비는 차분하고 아란은 덜렁대는 성격이지만 서로 마음이 잘 맞아 사기전은 잘 굴러갔다. 그릇 빛깔은 좀 떨어져도 모양이 더할 나위 없이 좋고 튼튼한데다 단비와 아란 둘이서 제법 장사를 잘하기 때문이었다.

　그러나 아저씨는 보안에서와는 달리 제대로 된 청자가 안 만들어진다며 늘 고민이었다. 강쇠는 그럴 수밖에 없다는 걸 알고 있었다. 보안의 가마는 관아에서 지원과 감독을 하는 관요인지라 나라에서 지원도 해 주고 흙과 나무까지 좋아 훌륭한 청자를 빚을 수 있었다. 하지만 계룡산 기슭은 흙과 나무도 보안 것만 못한 데다 관아의 지원 없이 민간에서 사사로이 도자기를 굽는 민요인 터라 모든 여건이 좋지 않기 때문이었다.

그래도 강쇠는 하루하루가 보람차고 좋았다. 사대부가에서 주문받은 청자만 다 굽고 나면 아저씨가 상감하는 걸 가르쳐 준 다 했기에 더 신명이 났다. 강쇠는 자기가 보아도 그릇 빚는 솜씨가 점점 느는 것 같았다. 어서 상감 기법이며 청자 유약 만드는 법을 배워 번듯한 사기장이 되고 싶었다.

그러던 어느 날 밤, 잠결에 소피가 마려워 뒷간에 다녀오던 길이었다. 어머니와 단비가 함께 쓰는 방 앞을 지나는데 훌쩍이는 소리가 새어나왔다. 강쇠는 무슨 일인가 싶어 방 앞으로 다가갔다. 어머니의 꺼질 듯한 탄식이 밖으로 흘러나왔다.

"네 얼굴이 부쩍 상해 보여도 일이 고돼서 그런 줄만 알았지, 애 가진 줄 누가 알았겠느냐. 치손이 놈, 찢어 죽여도 시원찮구나!"

강쇠는 가슴이 철렁 내려앉았다.

'뭐, 누나가 그놈 아이를?'

아니나 다를까, 단비가 울먹거렸다.

"어머니, 죄송해요. 전 죽어 버리려고 했어요. 근데 그럴 수 없었어요. 아기가 무슨 죄예요. 제가 죽으면 어머니는 또 어떡하고……. 낳아서 키울 테니 제발 아무 말씀 말아 주세요."

강쇠는 서너 발자국 뒤로 물러섰다. 칼로 에는 듯 가슴이 아팠다. 얼굴만큼 마음도 고운 단비를 강쇠는 무척 좋아했다. 자기도 누나 같은 여자와 혼인하리라 마음먹었을 정도였다. 아버지가 단비와 치손을 짝지어 주기로 했다는 얘기를 듣곤 은근히 질투하는 마음도 들었다. 그런데 치손은 단비를 배신하고 배 속에 씨까지 남겨 두고 갔다. 치손이 곁에 있다면 단박에 그의 숨통을 끊어 놓고 싶었다.

다시 어머니 목소리가 흘러나왔다. 절망이 담긴, 하염없이 낮은 목소리였다.

"혼자서 얼마나 속앓이를 했을꼬. 그래, 낳자꾸나. 곧 만삭이라 남의 눈에 띌 터이니 치마를 좀 더 넉넉히 만들어 주마."

"고마워요, 어머니. 아기 낳아서 잘 키울게요."

"아니다. 낳기는 해도 기르진 못한다. 내 딸이 아비 없는 자식 기르는 꼴은 못 본다. 해산 무렵에 먼 데로 가서 몸을 풀자. 아기는 내가 지산 스님한테 맡기고 오마. 스님이 잘 보살펴 주실 게다."

"네에? 어떻게 그래요. 제 아기를 어떻게 절에……. 흐윽."

"썩 그치거라. 아비 없는 자식 키우며 어찌 살려고!"

단비가 숨죽여 울었다. 강뫼는 입술을 자근자근 깨물며 뒤돌아섰다.

그 뒤 며칠 동안 강뫼는 머릿속이 어수선해 아무 일도 못했다.

'누나 일을 어떡해야 할까? 아는 체도 할 수 없고 해결해 줄 수도 없으니……. 아, 누나는 얼마나 힘들까?'

강뫼는 이러지도 저러지도 못한 채 하루하루를 보냈다. 그저 얼른 바빠져서 일 속에 푹 빠져들고만 싶었다.

하루는 아저씨가 아침 일찍 강뫼와 효문을 작업장으로 불렀다. 둘은 아침상을 물리자마자 달려갔다.

"오늘은 청자에 상감하는 걸 가르쳐 주마. 강뫼 너는 어떤 무늬를 새겨 보려느냐?"

강뫼는 가슴이 뛰었다. 기다리고 기다리던 일이었다.

"저는…… 물고기 무늬를 새겨 보고 싶습니다."

"물고기 무늬? 왜?"

"그게, 저기……."

"허허, 고향 앞바다가 그리운 모양이구나. 효문이 너는?"

"저는 연꽃무늬요."

"연꽃무늬? 스님 되기 싫다고 절에서 뛰쳐나온 놈이 웬 연꽃무늬? 아무튼 좋다. 우선 내가 하는 걸 잘 보거라. 눈이 아니고 머리로 보아야 하느니라."

둘은 바짝 긴장한 채 아저씨 곁으로 다가갔다. 작업대 위에는 그늘에서 말린 매병 하나와 날의 굵기며 모양이 다른 조각칼 여러 개가 가지런히 놓여 있었다.

"상감 기법으로 무늬를 넣을 때는 이렇게 적당히 꾸덕꾸덕 마른 그릇에 해야 한다. 만져 봐라, 이 느낌을 알아야 한다."

강뫼는 조심조심 매병을 만져 보았다. 어느 정도 그릇이 말라야 무늬를 새길 수 있을지 알 것 같았다.

"너무 바싹 마른 그릇에 무늬를 새기면 갈라지기 쉽고, 너무 덜 굳은 그릇에 새기면 무늬가 제대로 안 나오느니라. 그릇이 너무 굳었다 싶으면 물을 뿌려서 조금 축축해진 다음에 하거라."

"알겠습니다."

이윽고 아저씨가 끝이 뾰족한 조각칼을 들었다. 강뫼는 숨을 죽이고 아저씨의 손끝을 보았다. 한 송이, 두 송이, 세 송이…… 춤추듯 매병 표면을 오르내리는 조각칼 아래, 크고 작은 모란꽃들이 또렷하게 피어났다. 막힘없고 거침없고 빈틈없는 솜씨였다.

"머뭇거리지 말고 빠른 시간 안에 날렵하게 파내거라. 그래야 무늬가 선명하게 나타나느니라. 그릇에 칼을 넣는 깊이도 중요하다. 너무 깊게 파면 그릇을 구운 뒤 갈라지기 쉽고, 너무 얕게 파면 무늬가 제대로 보이지 않느니라. 엄지손톱 길이를 넷으로 나눠, 그 중 하나 정도까지만 파 들어간다고 생각하면 된다."

'머뭇거리지 말고 날렵하게. 깊이는 엄지손톱을 넷으로 나눈 그 하나.'

강뫼는 아저씨의 말을 마음 속으로 또박또박 되뇌었다. 아저씨가 다시 고개를 들었다.

"이제는 무엇을 할 순서이겠느냐?"

"무늬를 파낸 틈에 백토나 자토를 채워 넣습니다."

"맞다. 그럼 백토를 넣어 보자."

아저씨가 오목하게 파인 모란꽃 무늬에 숱 많은 붓으로 백토를 채우기 시작했다. 무늬 주위에도 조금씩 백토가 묻어났다.

"효문아, 그 다음엔 무얼 하지?"

"백토가 어느 정도 마르면 그릇 표면을 조각칼로 반듯하게 긁어냅니다. 그러면 오목한 무늬 부분에 스며들어간 백토만 또렷하게 남습니다. 그 다음 그릇을 잘 말려 초벌구이를 하고요."

"초벌구이까지 마치면 백토 바른 게 어찌 나타나느냐? 자토를 발랐을 때는 또 어찌 되고?"

"백토는 하얀색으로, 자토는 검은색으로 나타납니다. 그 위에 유약을 발라 다시 재벌구이를 합니다."

"맞다. 백토를 채워 구우면 무늬가 하얗게 나타나서 백상감, 자토를 넣어 구운 건 무늬가 검게 나타나서 흑상감이라 하지."

"예."

"그럼 난 내려가 볼 테니 너희끼리 상감 연습을 해 보거라. 능숙해질 때까지 자꾸 해 보는 것밖엔 딴 도리가 없다."

아저씨는 손에 묻은 질흙을 툴툴 털곤 작업장을 나갔다.

효문이 강뫼에게 먼저 해 보란 눈짓을 했다. 강뫼가 의자에 앉자 효문이 작업대 위에 팔뚝만 한 높이의 항아리를 올렸다.

"이 정도면 상감 넣기 좋겠지?"

얼핏 만져 보니 흙도 알맞게 마른 것 같았다. 강뫼는 큰숨을 한 번 내쉬곤 조각칼을 집어 들었다.

문득 대구소에서 살 때의 일이 떠올랐다. 강뫼는 삼촌이 고기를 잡으러 나갈 때 몇 번인가 먼 바다까지 따라 나간 적이 있다. 사기장 일은 싫고 바다가 좋다며 어부가 된 삼촌은 물고기 떼가 어디쯤 있는지도 귀신같이 알고, 어망을 던지고 끌어올리는 솜씨도 남달랐다. 고기 잡으러 먼 바다까지 나갔다가 풍랑을 만나 결국 다시는 집으로 돌아오지 못했지만…… 강뫼는 그때 보았던 물고기들의 모습을 머릿속에 애써 끄집어냈다. 어망을 끌어올릴 때면 햇빛 아래 비늘을 반짝이며 펄떡펄떡 뛰어오르던 물고기들의 그 모습을……

다른 무늬라면 몰라도 물고기 무늬는 눈을 감고도 새길 수 있을 것만 같았다. 하지만 쉽지 않았다. 무늬를 새기다 칼끝이 빗나가고, 설사 새겼다 해도 무늬가 엉망이 되기 일쑤였다. 강뫼는 결국 멀쩡한 그릇을 세 개나 망치고 말았다. 보다 못한 효문이 말했다.

"네가 쩔쩔매는 걸 보니 쉽지 않은가 보구나. 좀 쉬었다 해."

"그래, 역시 어려워. 이래서 어느 세월에 솜씨가 늘겠니?"

"쉬엄쉬엄 천천히 가자. 아저씨가 그랬잖아. 능숙해질 때까지 자꾸 해 보는 수밖엔 없다고."

"그래야지. 너도 한 번 해 봐."

강뫼는 기지개를 쭉 켜며 자리에서 일어섰다. 효문이 의자에 앉아 상감 연습을 하기 시작했다.

그 사이 강뫼는 그릇 칸에 있는 그릇들을 죽 훑어보았다. 전에 보지 못한 상감청자 몇 점이 눈에 띄었다. 강뫼는 그 청자들을 하나하나 눈여겨보다가 아주 독특한 매병에 눈길을 꽂았다. 연꽃, 국화꽃이 활짝 피고 기암괴석과 대나무가 있는 마당에서 사람들이 시를 짓고 그림을 그리며 악기를 연주하는 모습을 새긴 매병이었다.

"이야, 정말 근사한 매병이구나. 사람 모습을 상감한 청자는 처음 보는데."

강뫼가 혼잣말을 하자, 효문이 상감 연습을 하다 말고 일어나 그릇 칸 쪽으로 왔다. 강뫼는 매병을 들어 보였다.

"이거 말이야, 멋지지 않니? 아저씨가 빚으신 거겠지?"

"당연하지. 와! 이 청자는 정말 독특한데. 아저씨 솜씨도 정말 대단하셔!"

"그래. 상감 솜씨는 정말 훌륭하신 거 같아. 근데 색깔은 우리 아버지 청자보다 탁하지 않니?"

효문이 고개를 끄덕였다.

"그러네. 하지만 그건 아저씨 솜씨가 부족해서만은 아닐 거야. 이 청자들, 여기 오신 뒤에 만든 거 같은데, 색깔이 탁한 건 이곳 흙이며 잿물*이 좋지 않기 때문일 거야. 아저씨도 보안에선 난다 긴다 하는 사기장이셨다는데, 설마 네 아버지보다 솜씨가 달리시겠니?"

틀린 말은 아니었는데도 강뫼는 기분이 상했다. 까칠한 목소리가 절로 나왔다.

"우리 아버진 나라님 쓰시는 청자를 굽던 분이야. 고려 최고의 사기장이셨다고. 아무리 아저씨가 보안에서 난다 긴다 하셨대도 우리 아버진 못 따라간다고."

"네 아버지를 내가 모르냐? 그치만 네 아버지가 훌륭한 청자를 만든 건 대구소 흙과 잿물 덕분도 분명 있다고. 사실 비색 청자는 탐진에서 더 잘 만들고, 상감청자는 보안 것이 더 낫다는 말도 있잖아. 솔직히 말하면 상감은 아저씨가 더 잘 하신 것 같은데."

강뫼는 효문이 자꾸만 아저씨 역성을 드는 게 귀에 영 거슬렸다.

"뭐? 그럼 네 아버지는 뭔데? 같은 대구소 흙과 잿물을 쓰면

---

*잿물 : 청자 유약을 만드는 주원료 중의 하나. 나무를 태워 만든 재로 만든다.

서도 왜 우리 아버지를 이기지 못했냐고?"

"야, 왜 갑자기 우리 아버지랑 너희 아버지를 비교해? 지금은 아저씨랑 네 아버지를 비교하는 거잖아!"

"됐어! 어쨌든 아저씨 솜씨는 우리 아버지 솜씨를 못 따라간다고!"

그때 갑자기 뒤에서 새된 목소리가 날아들었다.

"뭐? 우리 아버지 솜씨가 네 아버지만 못하다고?"

들꽃 다발을 손에 든 아란이 문 앞에 우뚝 서 있었다. 얼굴이 붉으락푸르락하고 눈매가 매서운 게, 무척 화난 표정이었다.

"강뫼, 너 진짜 웃기다. 우리 아버지를 그렇게 깔보면서 왜 우리 아버지 밑에서 일하니?"

아란의 목소리가 파르르 떨렸다. 눈에는 그렁그렁 눈물까지 매달려 있었다. 강뫼는 당황스러웠다.

"그게 아니고, 아란아. 아저씨를 깔본 게 아니고……."

"듣기 싫어! 우리 아버지, 나한텐 하늘 같은 분이야. 네가 감히 어떻게 우리 아버지를……."

아란은 꽃다발을 확 팽개치곤 작업장을 뛰쳐나갔다. 강뫼는 당황해 어쩔 줄 모르다가 뒤늦게야 부랴부랴 뒤쫓아 뛰어갔다.

산길을 타다닥 내려가던 아란이 숲 속 한가운데에 우뚝 멈춰 섰다. 그러고는 제 분을 못 이기고 두 손으로 얼굴을 감싼 채 울기 시작했다. 강뫼는 가슴 한구석이 싸했다. 자기가 내뱉은 말이 아란을 이리도 아프게 할 줄은 몰랐다. 강뫼는 쭈뼛쭈뼛 다가가 아란의 어깨에 손을 얹었다. 아란이 손을 탁 뿌리쳤다.

"비켜."

"미안해. 내 말은 그런 뜻이 아니라……."

"그만둬. 듣고 싶지 않아."

아란이 고개를 외로 꼬곤 울음기 밴 목소리로 말했다.

"난 그저 효문이가 우리 아버지를 무시하길래……."

"됐다니까!"

아란이 강뫼를 빤히 보았다.

"넌…… 어쩜 그럴 수가 있니. 우리 아버지가 널 얼마나 믿고 든든히 여기시는데……. 어떻게 우리 아버지를 깔볼 수가 있어. 흐윽."

아란의 젖은 목소리가 나무숲을 흔들었다. 강뫼의 마음도 덩달아 흔들렸다.

"아, 아란아, 그게 아니고 난……. 아저씨 솜씨를 깔봐서 그런 게 아니고……."

"아니라고? 그럼 뭔데?"

아란이 홱 쏘아붙였다. 눈망울이 토끼눈처럼 뻘게져 있었다. 강뫼는 애원하듯 차근차근 말했다.

"오늘 아저씨가 상감하는 걸 가르쳐 주셨어. 꼼꼼히 아주 잘 가르쳐 주셨어. 근데 자꾸만 아버지 생각이 나는 거야. 그립기도 하고……. 우리 아버지도 그릇 빚는 걸 가르쳐 주실 땐 아주 꼼꼼하셨거든. 그러던 참에 효문이가 우리 아버지하고 아저씨 솜씨를 자꾸 비교하잖아. 그러니 문득 서운한 마음이 들어서……."

"그게 그 얘기지 뭐니? 어쨌든 넌 우리 아버지 솜씨가 네 아버지만 못하다는 거잖아."

"꼭 그런 뜻은 아니라니까."

"물론 네가 그렇게 생각할 수는 있다고 봐. 누구든 자기 부모가 최고라고 여길 테니까. 그렇다고 그걸 함부로 입 밖으로 툭툭 내뱉니? 듣는 사람 생각은 안 해?"

"미안해……. 네가 들을 줄 몰랐어."

"나도 아주머니가 해 주시는 음식 먹을 때마다 우리 어머니 생각 많이 나. 사실 아주머니가 아무리 맛있게 음식을 해 주셔도 우리 어머니가 해 주던 음식만 못하다고……. 그렇지만 난 한 번도 아주머니나 단비 언니한테 우리 어머니 음식이 더 맛있다고 말한 적 없어."

"응……."

"왠지 알아? 내가 그렇게 말하는 건 아주머니에 대한 도리가 아니잖아. 나를 딸처럼 여기고 보살펴 주시는데……."

강뇌는 아란이 새삼 어른스러워 보였다. 저리도 속이 깊은 아이인 줄 미처 몰랐다. 아란이 울먹이며 말을 이었다.

"우리 아버진 바보야. 네 속마음도 모르고 너를 아들처럼 여기시다니. 우리 아버지가 효문이보다 너를 얼마나 더 듬직하게 생각하시는 줄 아니?"

강뇌는 가슴이 철렁 내려앉았다.

'아저씨가 그랬다고?'

"아버지보다 더 바보는 나야. 넌 몰랐지? 내가 널 얼마나 좋아했는지……. 하지만 이젠 아냐. 우리 아버지를 깔보는 널, 난 더는 좋아하지 않을 거야."

아란은 이렇게 말하곤 산어귀를 향해 내쳐 달음질쳤다. 아란의 앞뒤로 봄 나비들이 나풀나풀 날아다녔다. 흰나비, 노랑나비, 호랑나비……

강뫼는 뒤통수를 얻어맞은 듯 머리가 얼얼했다. 아란이 자기를 좋아하는 줄은 정말 몰랐다.

'아, 나 혼자 작업장에 있을 때 아란이가 먹을 걸 갖고 불쑥불쑥 왔던 것도 그래서였구나. 내가 고뿔에 걸렸을 때, 어머니랑 누나 몰래 죽을 쒀다 준 것도…….'

머릿속이 실타래 엉키듯 얼키설키 엉켰다.

'어쨌거나 이젠 틀렸어. 아란인 이제 더는 날 좋아하지 않는다잖아.'

입술을 꽉 깨문 채 강뫼는 멀어져 가는 아란의 뒷모습만 하염없이 바라보았다.

8. 만전춘

봄날은 날로 무르익어 갔다. 하지만 강뫼의 마음은 한겨울이 었다. 아란은 보란 듯 강뫼에게 쌀쌀맞게 굴며 좀체 곁을 내주지 않았다. 강뫼는 오해를 풀고 아란을 붙들고 싶었으나 그러지 못했다. 그러는 사이 진달래며 영춘화, 모란, 오랑캐꽃, 제비꽃 같은 봄꽃들이 한바탕 수선스레 피고 또 졌다.

수릿날도 지난 어느 날 오후, 강뫼는 가마에서 제법 멀리 떨어진 기와촌 사대부가로 심부름을 가게 되었다. 아저씨 가마의 단골인 젊은 품관이 급히 청자연적을 보내란 기별을 했기 때문이다. 검동과 풍이는 효문과 함께 산에 나무를 하러 간 터라 강뫼가 심부름을 갈 수밖에 없었다.

사대부가에 무사히 연적을 전하고 돌아오는 길이었다. 갈 때만 해도 해가 중천에 떠 있었건만 그새 사방엔 어스름이 내려앉고 있었다. 더 어두워지기 전에 집에 도착해야겠다 싶어 강뫼는 사람들의 발길이 뜸한 샛길로 접어들었다. 좀 으슥하고 험하긴 해도 지름길이어서 바쁠 때면 종종 이용하는 길이었다.

넘어질세라 조심조심 내리막길을 내려갈 때였다. 문득 오른쪽 숲 속에서 나지막한 노랫소리가 흘러나왔다.

"어름 우희 댓닙자리 보와 님과 나와 어러 주글만뎡
어름 우희 댓닙자리 보와 님과 나와 어러 주글만뎡
정둔 오눐밤 더듸 새오시라 더듸 새오시라."*

여자의 가녀린 노랫가락 사이사이 풀피리 소리가 들리나 싶더니, 누군가 노래를 이어 받았다. 변성기를 막 통과한 듯한 소년의 목소리였다.

"남산애 자리 보와 옥산을 벼여 누어
금수산 니블 안해 사향각시를 아나 누어
약든 가슴을 맛초읍시다 맛초읍시다.
아소 님하 원대평생애 여힐 술 모르읍새."**

풀피리 소리도, 소년의 목소리도, 모두 귀에 익은 것이었다. 강뫼는 두방망이질하는 가슴을 진정시키며 소리 나는 쪽으로 다가갔다. 그 사이에도 두 사람은 계속 소절을 바꿔 가며 노래를 불렀다.

이윽고 소나무 숲 사이로 남녀의 모습이 보였다.

---

*고려가요 〈만전춘〉의 첫 장. '얼음 위에 댓닢 자리를 깔고 임과 내가 얼어 죽을망정/ 얼음 위에 댓닢 자리를 깔고 임과 내가 얼어 죽을망정/ 정을 준 오늘 밤 더디 새어라, 더디 새어라.'라는 뜻.
**〈만전춘〉의 마지막 장. '남산에 잠자리를 보아 옥산을 베고 누워/ 금수산 이불 안에서 아름다운 사향각시를 안아 누워/ 향기로운 가슴을 맞춰 볼까나 맞춰 볼까나/ 알아주소서 임이시여, 길이 평생에 헤어지지 말아요.'라는 뜻.

'아!'

역시 예감은 틀리지 않았다. 숲 속 너른 바위 위에 효문과 아란이 나란히 앉아 두 손을 꼭 잡은 채 다정히 노래를 부르고 있었다. 서로를 향한 둘의 눈빛은 어스름 속에서도 그윽하기 그지없었다.

강뫼는 주춤주춤 뒤로 물러서선 미친 듯 산길을 달려 내려왔다. 어떻게 집까지 왔는지 몰랐다.

그 뒤 꼬박 사흘 동안 강뫼는 지독한 열병에 걸려 앓아눕고 말았다. 아무것도 모르는 효문은 이마의 물수건을 갈아 주랴, 밥숟갈을 입에 넣어 주랴, 딴엔 강뫼 병구완을 한다고 난리도 아니었다. 물론 아란은 얼씬도 하지 않았다.

온몸을 뜨겁게 달궜던 열이 잡힌 건 나흘째 되던 날 아침이었다. 잠에서 깨 눈을 뜨자 전날과는 달리 몸이 한결 개운했다. 머리통을 부술 듯하던 두통도 사라지고, 열도 거의 다 내린 것 같았다. 이부자리에서 몸을 일으키는데 옆방에서 두런거리는 소리가 들려왔다.

"잘됐다. 배 속 아기가 기구한 제 운명을 알고 탯줄을 놓은 게야. 몸조리나 잘하자. 만삭에 유산을 했으니 몸이 오죽 상했겠니?"

숨죽인 흐느낌이 벽을 뚫고 전해졌다.

"어머니, 아기가 너무 불쌍해요. 흐윽……."

"어허, 눈물을 거두래도!"

강뫼는 정신이 번쩍 들었다. 무슨 일이 일어났는지 알 것 같앗다.

'아, 누나 아기가……..'

가슴이 아렸다. 방 안이 문득 갑갑하게 느껴지며 나무 냄새
가 그리웠다. 나무 냄새를 흠뻑 맡으며 산길을 걷고 싶었다. 강
뇌는 발소리가 나지 않게 살그머니 방을 나왔다.

겨우 나흘 만에 오르는 산길이건만 나무들은 그새 한층 우거
져 있었다. 산길을 걸으며 강뇌는 애써 생각을 털어 버리려 했
다. 하지만 그럴수록 오만가지 생각이 떠올랐다 사라졌다.

'누나는 괜찮을까. 사랑도 잃고 아기도 잃었는데 괜찮을까.'

'사랑을 놓치고 누나도 나처럼 이렇게 아팠을까.'

'아, 아란이는 영원히 내 곁을 떠났어. 왜 나는 아란이를 붙
잡지 못했을까.'

'아란이가 쌀쌀맞게 대하고 나를 피했어도 어떻게든 마음을
풀어 주었어야 했어. 그랬다면 아란이는 효문이를 택하지 않았
을지도 몰라.'

끝도 없는 생각, 답도 없는 물음이 꼬리에 꼬리를 물고 이어
졌다.

얼마쯤 걸어가자 저 멀리 미륵대불이 보였다. 미륵부처의 모
습을 형상화한 거대한 불상이었다. 산 중턱 넓고 평평한 터에
세워진 미륵대불은 어찌나 큰지 올려다보기에도 벅찼다.

강뇌는 천천히 발걸음을 옮겼다. 근엄하면서도 자비로운 표
정으로 서 있는 미륵대불이 한 발 한 발 가까이 다가왔다.

미륵대불 앞은 온통 시끌벅적했다. 조무래기 한 무리가 깐깐
하게 생긴 노인한테 혼쭐이 나고 있었다.

"이놈들, 누가 그런 노래를 함부로 부르고 다니랬더냐? 주리를 틀 놈들 같으니라고!"

조무래기들은 죄다 고개를 푹 숙였지만, 얼굴이 빤질빤질한 녀석 하나는 고개를 바짝 쳐들고 대들었다.

"왜 못하게 해요? 재 넘어 마을 애들도 다 부르는 노래라고요."

"그런 노래 부르다간 네놈 아비가 잡혀가 된통 맞는다. 네 아비 장독* 올라 뒈지는 꼴 안 보려거든 주둥이 닥치고 어미 젖이나 더 빨아. 머리에 피도 안 마른 놈이 되바라져서는!"

"쳇, 괜히 야단이야!"

빤질빤질한 녀석이 툭 쏘아붙이곤 조르르 내뺐다. 다른 녀석들도 불똥 떨어질세라 바삐 줄행랑을 놓았다.

조무래기들을 야단친 노인에게 다른 노인들이 한마디씩 했다.

"이봐, 그 성질머리 좀 못 죽이나? 애먼 애들은 뭣 하러 야단쳐?"

"누가 아니랴? 개경에선 정몽주라는 충신이 철퇴에 맞아 죽고 이제 곧 세상이 바뀔 거란 소문이 파다한데, 노래를 부르든 말든 냅두라고."

"아이고, 그나저나 걱정이네. 새 세상이 되면 어찌 되려는지……."

"어찌 되긴 뭐가 어찌 돼? 우리 같은 하찮은 백성이야 그저

---

*장독 : 매를 심하게 맞아 생긴 상처의 독.

팍 엎디어 살면 그만이지."

강뫼는 노인들을 뒤로 하고 미륵대불 앞으로 가서 가지런히
두 손을 모았다.

"부처님, 저로 하여금 효문이와 아란이의 사랑을 받아들이게
하소서. 부디 제 누나가 예전처럼 단단해지게 해 주소서."

강뫼는 마음속 바람을 담아 백팔 배를 하기 시작했다. 일 배,
이 배, 삼 배……, 이십일 배…… 사십구 배……. 오십 배를 할
때쯤부터는 이마에 바작바작 땀이 배기 시작했다. 칠십 배쯤부
턴 땀이 줄줄 흘러 저고리가 등짝에 척척 감겼다.

이윽고 백팔 배가 다 끝났다. 강뫼는 후들거리는 다리를 만
지며 자리에서 일어섰다. 소금기 밴 땀이 잔뜩 스며들어 눈동자
가 따갑고, 온몸이 욱신거렸다. 그래도 마음은 소낙비 지나간
여름 하늘처럼 한결 맑고 개운했다.

강뫼는 한참이나 미륵대불을 올려다보았다. 이제 무엇을 해
야 할지 알 것 같았다.

9. 슬픈 사기장

봄보다는 여름에 가까워야 할 유월인데, 갑자기 날씨가 가을처럼 서늘해졌다. 수상한 날씨만큼이나 뒤숭숭한 소문이 퍼진 것도 그 즈음이었다.

충신 정몽주가 피살된 선죽교에 핏자국이 얼룩처럼 남아 있다는 소문, 개경 아낙들이 만두 속에 넣는 돼지고기를 성계육이라 이름 짓고 난도질한다는 소문, 송충이가 종묘의 솔잎을 갉아 먹었다는 소문, 이제 곧 이 씨 성을 가진 이가 새 왕조를 세울 거라는 소문……. 날로 우거져 가는 계룡산 나무들만큼이나 소문은 꼬리에 꼬리를 물고 무성해진 채 이 고을 저 고을을 휩쓸고 다녔다.

나라 방방곡곡에는 가뭄까지 들었다. 논밭은 허물 벗은 뱀가죽처럼 쩍쩍 갈라지고, 곡식이며 푸성귀들은 바싹 말라 비틀어졌다. 시시때때로 부는 바람에 모래먼지가 일어 눈을 제대로 뜨기 힘든 날도 여러 날이었다. 이 모두가 이상한 징조라고 사람들은 수군거렸다. 오백 년 가까이 흘러온 왕조가 무너질 참이니 하늘도 노여움과 슬픔에 겨운 탓이라 했다.

이러구러 백중날도 지나고 무더위도 한풀 꺾였다. 그새 기어이 왕조가 바뀌었다.

아란네 가마에서 재벌구이가 끝나 청자를 꺼내는 날 아침이었다. 아저씨는 여느 때보다 정성껏 그릇을 빚고, 상감하는 데도 큰 공을 들였다. 청자 유약을 만드는 데도 훨씬 힘을 쏟았다. 유성에 있는 큰 절에서 주문한 청자라고 그런 모양이었다. 이번엔 정말 훌륭한 청자가 나올 거라며 아저씨는 큰소리를 쳤다. 강뫼도 여간 기대되는 것이 아니었다.

가마 문 밖에 가마니를 깔고 그릇 옮길 목판까지 갖다 놓았을 즈음, 검동과 풍이가 나무 짐을 지고 올라오며 호들갑을 떨었다.

"형, 소문 들었어요?"

"귀신이라도 쫓아오더냐? 숨부터 고르고 말해라."

"이성계라나 뭐라나 하는 장군 있잖아요. 글쎄 그 장군이 고려를 무너뜨리고 새 왕조를 세웠다는데요."

"이 헛똑똑아, 그게 언제 적 얘긴데. 벌써 계룡산 자락을 몇 바퀴 돌고 간 옛날 얘기구먼. 그리고 그런 말 함부로 하고 다니지 마라. 요즘같이 어수선할 때 입단속 안 하면 큰일 난다."

강뫼의 말에 풍이가 거보란 듯 젠체했다.

"맞잖아, 검동이 형. 그거 내가 새 소식 아니고 헌 소식이랬지?"

때마침 아저씨가 산길 아래에서 모습을 드러냈다.

"강뫼 말이 맞다. 입조심 단단히 하거라. 그리고 왕조가 바뀌든 말든 너희가 무슨 상관이야. 그저 열심히 일해서 밥 안 굶고 똥 잘 눌 궁리만 하면 되지. 검동이랑 풍이는 이만 내려가거라."

검동이 머쓱한 표정을 지으며 풍이를 데리고 내려갔다.

목판을 가마 안으로 들여가다 말고 강뫼가 물었다.

"들으셨어요? 새 왕조가 세워지자마자 개경엔 단비가 내렸다던데."

아저씨는 대수롭잖다는 듯 대꾸했다.

"온 나라가 가뭄밭인데 왜 하필 개경에만 단비가 내렸겠느냐? 새 왕조에서 일부러 지어낸 얘기일 수도 있다."

"왜요? 뭐 때문에 그런 얘기를 지어내요?"

"개경 사람들은 이성계 장군을 새 나라님으로 인정하지 않는다더라. 어제는 왕 씨를 섬겼는데 오늘은 이 씨를 섬겨야 한다니, 그럴 만도 하지 않느냐? 그러니 어지러운 민심을 바로잡으려고 그런 말을 지어낼 수도 있지."

무슨 말인지 몰라 강뫼는 고개를 갸우뚱했다. 아저씨가 혀를 찼다.

"쯧쯧, 검동이랑 풍이는 아직 철이 없어 내가 아까 그리 말했다만 무식한 백성이라도 세상 돌아가는 일은 좀 알아야 한다. 그래야 사는 게 좀 수월한 법이지."

"아, 예."

"이번엔 나라님만 바뀐 게 아니고 왕조가 바뀌지 않았느냐.

고려 오백 년을 다스린 왕 씨가 망하고 이 씨 왕조가 들어섰으
니……. 큰일도 보통 큰일이 아니다. 고려 유신 일흔두 명 얘기
는 들었느냐? 글쎄, 그 사람들이 궁궐에서 조회할 때 머리에 쓰
는 관을 소나무 가지에 걸어 놓고 두문동이란 마을로 들어가 죄
다 문을 닫아걸었다더라."

"왜요?"

"옛 왕조를 받들었던 신하로서 새 왕조, 새 임금의 신하가 될
수 없다, 그런 뜻이라더라."

"그게 잘한 일인가요? 나라가 새로 서고 임금이 새로 나는
건 하늘의 명이라던데."

강뫼는 이렇게 말하곤 낯꽃을 붉혔다. 그런 거창한 말을 할
주제가 아니란 걸 스스로도 잘 알기 때문이었다. 아저씨도 뭐라
대답할 말이 없는지 말머리를 돌렸다.

"참, 청자를 꺼내야지. 내 얘기는 그냥 한 귀로 듣고 한 귀로
흘리거라. 동네방네 퍼뜨리지 말고……."

"알겠습니다."

조금 뒤 아저씨가 가마 문을 허물고 안으로 들어갔다. 강뫼
는 조마조마한 마음으로 밖에 서 있었다.

잠시 후 안에서 땅이 꺼질 듯한 한숨소리가 들렸다. 강뫼는
심장이 바짝 오그라드는 것만 같았다. 아니나 다를까, 가마 밖
으로 청자가 하나 둘 내던져지기 시작했다.

강뫼가 안으로 들어가 아저씨를 말렸다.

"고정하세요. 큰 절에서 받은 주문인데 이렇게 다 깨 버리시
면 어떻게……."

"냅둬라! 청자라고 다 같은 청자더냐?"

서릿발 같은 고함이 떨어졌다. 아저씨는 미친 듯 계속 청자를 내던졌다. 강뫼는 가슴만 바작바작 타 들어갔다.

"아, 온 정성을 쏟았건만 여기선 도저히 좋은 청자를 만들 수가 없구나."

아저씨가 가마 바닥에 주저앉으며 머리를 움켜쥐었다.

"상감청자라면 맑은 비색이 나와야 하건만, 아무리 해도 그 색이 안 나오는구나."

"……."

"집에 가서 술 좀 갖고 오너라. 술이라도 마셔야지, 내가 살 수가 없다."

"술은 그만 드세요. 요즘 건강이……."

"어허, 냉큼 가서 받아 오지 못할까!"

벼락 같은 불호령이었다. 강뫼는 어쩔 수 없이 집으로 향했다.

어머니는 베틀 앞에 앉아 정신없이 길쌈질을 하고 있었다. 북*과 바디**를 번갈아 잡으며 베를 짜는 어머니를 강뫼는 물끄러미 바라보았다. 오늘따라 어머니가 부쩍 늙어 보여 가슴이 쓰라렸다.

"어머니, 저 왔어요."

그제야 어머니가 일손을 멈추고 고개를 들었다.

---

*북 : 베틀에서, 날실의 틈으로 왔다 갔다 하면서 씨실을 푸는 기구.
**바디 : 베를 짤 때 살의 틈마다 날실을 꿰어 베의 날을 고르며 북의 통로를 만들어 주고 씨실과 날실이 촘촘히 엮이게 하는 기구.

"청자를 벌써 다 꺼냈더냐? 그릇은 잘 나왔고?"

"웬걸요. 술이나 받아 오라시는데."

"왜? 잘 안 구워졌어?"

"예. 아저씨가 청자를 죄다 깨 버렸어요."

어머니가 한숨을 내쉬더니 딱 잘라 말했다.

"술 떨어졌다고 해라. 요즘 아란이 아버지 얼굴이 말이 아니더라. 며칠 전엔 사기전에 와서 그릇을 집어 드는데 손까지 덜덜 떨더구나. 그래서 어찌 그릇을 빚고, 어찌 상감을 하겠느냐?"

"그러잖아도 제가 말렸지요. 그래도 무조건 술을 갖고 오라시는데 어떡해요. 조금만 퍼 담아 주세요."

어머니가 술독의 술을 술병에 퍼 담으며 중얼거렸다.

"아란 아비가 속도 상할 것이다. 접때 아란이가 제 아버지가 보안에서 만들었다는 청자를 보여 주지 않던? 어찌나 상감이 좋고 색깔이 맑던지……. 그런 솜씨 좋은 사람이 여기선 훌륭한 청자를 못 만드니 오죽 괴로울꼬. 그릇 빚는 흙이 다르고 잿물 만드는 나무가 다르니 그럴 수밖에. 오죽하면 네 아버지도 대구소를 안 떠나려 했겠느냐."

아란이 생각에 강뫼는 부끄럽고 자신이 한심스러웠다. 아저씨의 솜씨를 무조건 미심쩍어했던 자신이, 그래서 첫사랑을 놓치고만 스스로가.

강뫼가 돌아가자 아저씨는 기다렸다는 듯 술병을 낚아채 벌컥벌컥 들이켰다. 강뫼가 조심스레 말을 붙였다.

"너무 상심 마셔요. 청자 색깔이 제대로 안 나오는 건 아저씨

탓이 아니라…….”

“그럼 내 맘에도 안 드는 청자를 판단 말이냐? 그것도 부처님 모시는 큰 절에?”

“제 말은, 여기 흙이랑 잿물이 보안 것만 못해서 그런 거지, 아저씨 솜씨가 나쁜 게 아니란…….”

“뭘 안다고 꼬박꼬박 말대꾸냐! 난 보안 유천에서 첫손에 꼽히는 사기장이었다. 덕 높으신 큰스님이고 고을을 쥐락펴락 하는 나리고 간에 내가 만든 청자라면 다 입을 헤 벌렸어. 그런데 여기선 도무지 예전 같은 청자를 못 만들겠단 말이다. 허.”

아저씨가 술병째 술을 들이켜더니 갑자기 몸을 일으켰다. 술기운 탓인지 몸이 비칠비칠했다.

“네놈한테 청자 유약 만드는 법을 가르쳐 줘야겠다. 작업장으로 가자.”

강뫼는 깜짝 놀랐다. 물론 이제나저제나 아저씨가 유약 만드는 걸 가르쳐 줄 날을 기다려 왔다. 다른 건 다 흉내라도 낼 줄 알지만 유약 만드는 것은 기초조차 모르기 때문이었다.

아름다운 청자를 만드는 데는 그릇 모양이며 상감이 물론 중요했다. 하지만 아무리 그릇 모양이 좋고 아름다운 상감을 했대도 빛깔이 곱지 못하면 그건 좋은 청자가 아니었다. 아버지의 청자가 첫손에 꼽혔던 것도 그릇 모양이나 상감도 물론 남달랐지만 투명한 가을 하늘처럼 색깔이 맑고 곱기 때문이었다. 그런데 드디어 아저씨가 청자 유약을 만드는 법을 가르쳐 준다는 것이다.

작업장에 들어서자 아저씨가 말했다.

"난 너를 믿는다. 네 아비가 고려에서 으뜸가는 사기장이었고, 너도 이리 열심히 하니 꼭 그리 될 게다. 부디 열심히 해서 내 가마를 이어다오. 내가 죽더라도 이 가마를 떠나지 말아다오."

"왜 그런 말씀을 하세요. 술만 줄이시면 건강이 좋아지실 텐데요."

아저씨가 무거운 한숨을 내쉬었다.

"내 몸은 누구보다 내가 잘 안다. 내 말이나 잘 듣거라. 북쇠라고, 저쪽 산기슭에서 그릇 굽는 산도둑 같은 놈 너도 알지? 그놈이 우리랑 같이 보안에서 왔는데, 내가 그놈을 아란이하고 맺어 주려 했느니라. 그런데 얼굴이 얽었다고 아란이가 싫어하지 뭐냐. 그러던 참에 너희가 여기로 온 게야. 내 눈엔 효문이보다 네가 더 마음에 들더구나. 그래서 아란이하고 짝지어 주려 했건만……."

강뫼의 눈동자가 점점 커졌다. 아저씨가 자기를 미더워한다는 얘기는 아란에게서 들었어도 짝지어 줄 생각까지 한 줄은 미처 몰랐다.

"그런데 아란이가 효문이하고 정분이 났으니 어쩌겠느냐? 두 놈을 갈라놓을 수도 없고. 효문이 놈이 똘똘은 하다만, 그놈은 청자에는 마음이 없다. 그러니 강뫼야, 부탁 좀 하자. 네가 두 녀석을 좀 보살펴 다오. 대신 내가 너한테 모든 걸 가르쳐 주마. 청자 유약 만드는 법까지 말이다."

강뫼는 잠자코 있었다.

"보살피라는 건 별거 아니고, 그저 멀리서 지켜봐 주란 뜻이다. 효문이 놈 잘못하는 거 있으면 네가 내 대신 혼쭐도 내주고."

"알겠습니다."

대답은 했지만 강뫼는 아저씨가 이상하다고 생각했다. 마치 먼 길 가는 사람처럼 이런저런 당부를 하는 것이.

"청자 유약 만드는 거 가르쳐 준다 해 놓곤 딴 소리만 했구나. 시작해 보자."

아저씨는 한 나절이나 걸려 청자 유약 만드는 법을 자세히 일러주고 손수 시범까지 보여 주었다. 강뫼는 그 과정 하나하나를 머리와 가슴속 깊숙이 새겨 두었다.

그새 들창 밖으론 노을이 지고 있었다.

"유약을 어떻게 만드는지 이제 조금 알겠느냐?"

아저씨가 몸을 일으키며 물었다. 말소리가 착 가라앉아 있고 안색도 영 좋지 않았다. 아니나 다를까, 아저씨는 몸을 가누지 못하고 그대로 쿵 쓰러져 버리고 말았다.

10. 서로 다른 꿈

아저씨는 그길로 몸져누웠다. 어머니는 빠듯한 살림을 탈탈 털어 약첩을 지어 오고 아란은 새벽마다 동학사에 가서 불공을 올렸다. 그러나 아저씨는 쓰러진 지 한 달이 못 되어 숨을 거두고 말았다.

강뫼는 한동안 넋 나간 사람처럼 지냈다. 작업장에 안 나간 건 아니었지만 물레 앞에 앉아 있어도 손과 흙이 따로 놀았다. 스승을 잃었다는 슬픔은 아버지를 여의었을 때만큼이나 컸다. 충격을 받은 아란을 돌보느라 효문도 한동안 일손을 잡지 못했다. 강뫼는 아란이 안쓰럽고 딱했다. 하지만 이젠 서로 너무도 멀어진 터라 따뜻한 위로의 한마디조차 건넬 수 없었다.

다행히도 사기전엔 아저씨가 빚은 청자가 제법 많이 남아 있었다. 그래봤자 그걸로 다섯 식구가 얼마나 버틸 수 있을 것인가. 어머니와 단비의 자수 일감마저 끊긴다면 겨울엔 온 식구가 배를 곯아야 할지도 몰랐다.

아저씨가 세상을 뜬 지 한 달쯤 지난 어느 날이었다. 저녁상을 물린 뒤 강뫼가 말문을 열었다.

"효문아, 이러고 있을 수만은 없잖니. 내일부턴 다시 열심히 물레를 차보자."

"나도 그리 생각했다. 아란이도 웬만해졌으니 그러자."

"검동이랑 풍이도 나오라고 하자. 아저씨가 안 계시니 그 녀석들 일손이 훨씬 아쉬울 거야."

다음 날 둘은 아침 밥숟갈을 내려놓자마자 부리나케 작업장으로 갔다. 간밤에 미리 통지를 한 터라 검동과 풍이는 벌써 나와 있었다.

강뫼와 효문이 작업대 앞에 나란히 앉자, 검동이 물레판 위에 꼬박질흙을 올려 주었다. 강뫼와 효문은 물레를 차며 그릇을 빚기 시작했다.

둘은 아무 말 없이 한동안 일에만 몰두했다. 그런데 갑자기 강뫼가 빚던 그릇을 바닥에 팽개치곤 머리를 쥐어뜯었다. 효문의 눈이 둥그레졌다.

"강뫼야, 왜 그래? 응?"

"몰라, 모르겠다고!"

"왜, 오늘부터 열심히 일하기로 했잖아."

"스승이 없잖아. 상감청자 만드는 걸 다 배우지도 못했는데 아버지도 아저씨도 모두 떠나셨어. 훌륭한 청자를 빚는 사기장이 되긴 다 글렀다고."

효문이 어이없다는 표정을 지었다.

"그거였어? 아저씨 돌아가신 걸 슬퍼한 까닭이? 너 원래 그렇게 이기적인 놈이었냐?"

"뭐?"

"넌 아저씨가 돌아가신 것 자체를 슬퍼하는 게 아니라 스승이 없다는 걸 슬퍼하고 있잖아. 아저씨가 널 그렇게 챙겨 주셨는데 어쩜 너는 네 생각만 하냐?"

효문의 말은 비수처럼 강뇌의 가슴을 찔렀다.

하긴 아버지가 세상을 떴을 때는 정말 하늘이 무너진 듯, 가슴이 갈가리 찢기는 듯 하염없이 아팠다. 하지만 아저씨가 돌아가셨을 때는 그 정도까지는 아니었다. 그렇다, 지금의 슬픔은 효문의 말대로 그저 훌륭한 스승을 잃었다는 차원, 그것에 불과한 건지도 몰랐다. 강뇌는 낯이 뜨겁고 한없이 부끄러웠다.

강뇌의 속마음을 읽었는지 효문이 말투를 누그러뜨렸다.

"나도 다 알아. 네가 꼭 스승을 잃었대서 슬퍼하는 것만은 아니란 걸. 난 아저씨와 서먹했지만 넌 많이 가까웠잖아. 그런데 아저씨 가신 뒤 네가 너무 침울해하는 것 같아 매몰차게 말한 것뿐야."

강뇌는 효문을 보았다. 효문이 눈초리를 풀며 씩 웃었다.

"강뇌야, 그냥 우리가 예정보다 일찍 가마를 물려받은 거라고 생각하자. 어차피 아저씨는 우리한테 이 가마를 물려주려 하셨잖니. 우리도 배울 건 다 배웠어. 상감하는 것도 배웠고, 너는 청자 유약 만드는 법까지 배웠다며. 이젠 우리 몫만 남은 거야. 배운 걸 몸에 익히고 발전시키는 건 스승이 아닌 우리 몫이라고."

강뫼는 퍼뜩 정신이 들었다.

'맞아. 내 생각이 짧았어. 배운 걸 몸에 익히고 발전시키는 건 우리 몫이야.'

효문이 말을 이었다.

"걱정 마. 아저씨 계실 땐 내가 좀 빠질거렸지만 지금이야 설마 그러겠니? 아란이를 보아서라도 열심히 일할 거야."

강뫼는 기운이 나면서도 한편으론 가슴 한구석이 시렸다. 기운이 난 것은 효문이라는 든든한 친구가 있기 때문이고, 가슴 한구석이 시린 것은 효문에게 아란이 어떤 존재인지 새삼 깨달았기 때문이었다. 그러나 강뫼는 시린 가슴을 애써 감췄다. 어차피 둘의 사랑을 받아들이기로 한 터였다.

"네가 그래 준다면 정말 힘이 되지. 우리 둘이 열심히 해서 고려 땅 최고의 사기장이 되자. 나라님이 쓰시는 청자를 굽는 사기장이 되자."

강뫼는 한껏 힘차게 말했다. 그런데 효문의 얼굴빛이 달라졌다. 표정도 어딘지 어정쩡해 보였다.

"나라님이 쓰시는 청자를 굽는 사기장? 바보가 아닌 이상 그 꿈은 깰 때도 되지 않았냐?"

"그게 무슨 말이야?"

효문이 바닥의 흙을 툭툭 찼다.

"너도 알잖아. 여기 흙이며 잿물이 대구소나 보안 것만 못하다는 걸. 아저씨도 그것 때문에 제대로 청자를 못 만든다며 괴로워하다 술병을 얻으신 거고. 흙도 유약도 땔감도 다 다른데 우리가 어떻게 네 아버지와 아저씨가 만든 것 같은 청자를 빚냐고."

"자꾸 하다 보면 방법이 있겠지. 재료의 한계를 극복할 방법이 있을 거라고. 나는 꼭 나라님 쓰시는 청자를 만드는 사기장이 될 거야. 목구멍에 풀칠하는 것만이 전부는 아니잖아? 사람이라면 큰 꿈이 있어야지."

"큰 꿈? 난 그런 거 관심 없어. 네 아버지, 나라님 쓰시는 청자 만들었다고 나라가 지켜 주었니? 한평생 소리 놈한테 시달리다가 왜구 놈들 칼날에 돌아가셨잖아. 난 이 꼴 저 꼴 다 봤기에 청자고 뭐고 다 지긋지긋해. 지금은 이것 말고는 할 수 있는 게 없어 하는 것뿐야."

강뫼는 머리가 얼얼했다. 효문이 저런 생각을 하는 줄 미처 몰랐다. 멍하니 선 강뫼를 향해 효문이 쐐기 박듯 덧붙였다.

"대구소로 돌아간다면 모를까, 여기서는 절대로 좋은 청자를 만들 수 없어. 재료도 안 좋고, 나라에서도 지원을 안 해 주는데 무슨 수로 좋은 청자를 만들어? 새 왕조를 끌어 가는 사대부들은 청자를 좋아하지도 않는다더라."

강뫼는 주먹을 불끈 쥔 채 소리쳤다.

"아냐! 지금은 왕조가 바뀌고 나라가 어수선해서 그런 것뿐이야. 여기서도 얼마든지 좋은 청자를 빚을 수 있다고! 나는 꼭 훌륭한 상감청자를 빚을 거라고!"

효문도 지지 않고 소리쳤다.

"바보야, 널 위해 하는 말이야. 헛고생 말고 세상을 똑바로 알고 가라고! 청자에만 목매달지 말고 전혀 다른 새 그릇을 연구해 보든지!"

강뫼는 혼란스러웠다. 자신이 처한 상황이, 효문이 하는 말이…….

문득 한동안 잊고 지냈던 것들이 그리웠다. 푸르게 출렁거리던 탐진 앞바다가, 친구들과 조개를 캐던 잿빛 갯벌이, 식구들과 오순도순 살던 대구소의 옛집이…….

강뫼는 작업장을 벗어나 산길로 내달렸다. 뜨거운 햇살에 땀이 비처럼 흘러내렸지만 아랑곳 않고 여름 산길을 달렸다.

은선폭포가 솔숲 사이로 불쑥 나타났다. 장마가 한 차례 지나간 끝이라 폭포의 물줄기는 여느 때보다 거셌다. 절벽을 타고 떨어지는 물줄기에서 피어나는 뽀얀 운무는 신비롭고 아름다웠다.

강뫼는 헐떡이는 숨을 가다듬으며 폭포를 바라보았다.

'효문의 말이 맞을까? 좋은 청자를 빚는 꿈은 버려야 할까? 나는 정말 나라님이 쓰시는 훌륭한 청자를 빚는 사기장이 될 수는 없는 걸까?'

'아니야. 나는 어떻게든 꼭 훌륭한 청자를 빚을 거야. 아버지처럼, 그리고 아저씨처럼!'

강뫼는 짚신과 저고리를 벗었다. 그러곤 폭포 아래 가장자리 쪽으로 한 걸음 한 걸음 걸어 들어갔다. 맞춤한 자리에 이르러 뒤로 돌아섰다. 기다렸다는 듯 세찬 폭포 물줄기가 등짝에 거세게 내리꽂혔다.

강뫼는 폭포 물줄기를 온몸으로 맞으며 한참 동안 폭포 아래에 서 있었다. 떨어져 나갈 듯 등짝이 얼얼했지만 답답한 마음은 한결 가셨다.

11. 엇갈린 우정

  햇볕 쏟아지는 산자락마다 울긋불긋 단풍이 들고 가을걷이를 앞뒤로 하여 추석도 지나갔다.

  비온 다음 땅이 굳듯 지난번 한바탕 다툰 뒤 강뫼와 효문은 오히려 가마를 잘 꾸려 갔다. 아저씨가 남긴 청자는 두 달도 못 가 거의 다 팔려 나갔기에 둘은 비록 솜씨가 부족해도 부지런히 그릇을 빚고 구워야 했다. 효문도 아저씨가 있을 때보다는 열심히 일했고 태생이 바지런한 검동과 풍이도 곧잘 한몫을 했다. 아버지를 잃은 충격에 몸져누웠던 아란도 조금씩 안정돼 가고 있었다. 얼키설키 얽혀 도무지 풀어지지 않을 것 같던 일들이 돌돌 실타래 풀리듯 하나하나 풀릴 기미를 보였다.

  효문은 자기 할 몫만큼만 일하고 다른 노력은 하지 않았다. 그러나 강뫼는 밤까지 홀로 작업장에 남아 상감 연습도 열심히 하고 더 좋은 유약을 만들어 보려 이리저리 재료를 배합해 보곤 했다. 아버지의 유품인 꼬마 매병, 그것은 강뫼에겐 커다란 위안이자 희망이 되어 주었다. 그것이 있는 한, 강뫼는 꿈을 저버릴 수 없었다.

아버지가 빚은 것처럼 아름다운 상감청자를 만드는 것, 강뫼의 꿈이자 목표는 바로 그거였다. 효문과 함께 그 꿈을 이뤄 갈 수 있다면 더 좋겠지만 아니라도 괜찮았다. 효문의 성품을 알기에 그를 설득하는 걸 강뫼는 일단 포기했다. 그러나 언제이건 스스로 발길을 돌리겠거니, 훌륭한 사기장이 될 꿈을 향해 돌아서겠거니 여겼다.

다행히도 강뫼와 효문이 꾸려 가는 가마는 언제부턴가 사람들의 입에 자주 오르내렸고, 입소문을 타고 주문이 날로 많아졌다. 계룡산 기슭에 몇 군데나 더 있는 다른 가마들하곤 비할 바가 못 될 정도였다.

하지만 언제부턴가 강뫼와 효문 사이엔 미묘한 기류가 흐르기 시작했다. 효문이 만든 그릇보다 강뫼의 그릇이 훨씬 잘 팔리기 때문이었다. 사람들은 같은 값이면 강뫼가 빚은 그릇을 사려 했다. 누가 만들었느냐를 묻지도 않았건만 눈썰미 좋은 사람들은 강뫼가 만든 그릇을 용케도 골라냈다. 강뫼가 만든 그릇은 사기전에 내놓기 무섭게 팔려 나가고 효문이 만든 것은 먼지를 잔뜩 뒤집어쓴 채 그릇 칸에 진을 치고 있기 일쑤였다.

강뫼는 마음이 편치 않고 효문에게 미안한 생각까지 들었다. 효문도 강뫼를 볼 때면 괜히 멋쩍어하며 말을 아꼈다. 강뫼는 멀어졌다가 겨우 가까워진 둘 사이가 다시금 벌어지는 것만 같아 안타까웠다. 어떻게든 효문과의 거리를 좁히고 싶었다.

늦가을이 되고 산길마다 낙엽이 수북이 쌓였다.

간밤에 늦게까지 상감 연습을 했기에 강뫼는 느지막이 작업장으로 향했다. 아침 이슬에 함초롬히 젖었던 낙엽들이 짚신 아래에서 서걱거렸다.

작업장에 거의 다다랐을 무렵이었다. 검동이 허겁지겁 내려오며 손짓을 했다.

"운봉 스님 오셨어요! 형 부르러 가던 길인데."

발걸음을 재촉해 올라가니 작업장 밖에 단비와 운봉 스님이 서 있었다. 강뫼는 얼른 합장하고 고개를 숙였다.

"왜 이리 늦었니? 스님이 한참 기다리셨는데……. 이제 막 가시려던 참이다. 이것 좀 봐."

단비가 눈을 흘기며 작은 두루마리를 건넸다. 강뫼가 눈을 휘둥그레 뜨자 스님이 말했다.

"주문장이니라. 우리 절에서 쓸 청자를 너희가 빚어 다오."

"예에?"

"새해 설날 부처님께 올릴 공양물을 새 청자에 담고 싶구나. 새 왕조가 들어선 후 처음 맞는 설이 아니더냐?"

강뫼는 가슴이 벅차올랐다. 아저씨가 돌아가신 뒤 청자를 주문받는 건 처음이었다. 그저 청자를 흉내 낸 그릇을 구워 사기 전에 내다놓으면 필요한 사람이 와서 사 가는 정도였다. 게다가 이번 주문은 보통 민가도, 사대부가도 아닌 동학사의 주문이다. 불전에 올리는 그릇을 운봉 스님이 얼마나 까다롭게 고르는지 강뫼도 소문으로 들어 알고 있었다.

'아, 스님이 우리 솜씨를 알아주시나 보다.'

그러나 주문을 덜컥 받아들이기엔 부족한 점이 너무 많았다.

"스님, 고맙습니다만 저희 솜씨가 아직은……."

"아무 말 마라. 주문할 만하니 하는 게다. 새 왕조가 갓 피어났듯 너희처럼 갓 피어난 사기장의 그릇을 쓰고 싶어 그러는 게다. 너희가 할 수 있는 만큼만 하여라. 맑은 비색의 상감청자면 좋으련만, 그건 크게 신경 안 써도 된다. 비색 내기가 힘들단 이야긴 아란 아비한테 전부터 들었느니라."

"스님……."

"이만 가 봐야겠다. 주문장 보고 연구 좀 해서 사흘 후 효문이와 함께 우리 절로 오너라. 그때 자세한 걸 의논하자꾸나."

운봉 스님이 가고 난 뒤 강뫼는 주문장을 훑어보았다. 마냥 좋아할 일만은 아니었다. 주문량부터 만만치 않았다. 대웅전은 물론이고 모든 전각에서 쓰는 그릇을 다 바꾼다는 것이었다. 그러나 모처럼 얻은 기회를 놓칠 순 없었다.

단비가 조심스레 물었다.

"할 수 있겠니? 힘들지 않겠니?"

"주문량도 많고 해서 완전히 자신 있는 건 아냐. 하지만 누나, 난 꼭 해낼 거야. 동학사에서 우리 가마의 청자를 쓴다면 우리 가마는 금세 커질 수 있어. 우리 가마가 우뚝 설 기회야."

"그럼 얼마나 좋겠니?"

"누나는 모르지? 내가 밤잠 줄여 가며 얼마나 청자 연습을 많이 했는지. 잠깐만 기다려 봐."

강뫼가 작업장에 들어가더니 뭔가를 등 뒤에 감춘 채 나왔다. 그러고는 그걸 단비 앞에 쑥 내밀었다.

아버지가 준 꼬마 매병이었다. 강뫼는 며칠째 꼬마 매병을 앞에 놓고 똑같은 모양의 청자 매병을 빚고 있었다. 단비가 놀란 노루처럼 눈을 둥그렇게 떴다.

"어머, 어떻게 이렇게 앙증맞은 매병이 있어? 너무 예쁘다."

"아버지가 돌아가시기 얼마 전에 만들어 주신 거야. 상감도 비색도 정말 완벽하지? 나, 이거 보고 아버지 생각하면서 상감 청자 만드는 연습을 한다."

단비의 눈망울엔 금세 이슬이 고이고 목소리엔 축축한 물기가 고였다.

"정말 예쁘다. 근데 아버지 너무하셔. 너한테만 만들어 주시고."

"샘도 많으셔. 누나는 사기장이 될 사람이 아니잖아. 그니까 나한테만 만들어 주신 거지. 난 이 꼬마 매병만 보면 얼마나 힘이 나는지 몰라."

"고마운 일이다. 아버지 청자가 이거라도 있으니……."

단비의 목소리가 축축히 잦아들었다. 강뫼는 분위기를 바꿀 겸 말을 돌렸다.

"운봉 스님이 왜 우리 가마에 청자를 주문하셨을까? 더 솜씨 좋은 가마도 있는데."

단비도 금세 밝은 표정을 지었다.

"며칠 전 운봉 스님이 우리 사기전에 오셨단다. 너희가 빚은 그릇을 한참 동안 유심히 보시더니 어머니한테 이것저것 물어보시더라. 그땐 그저 어머니 얘기를 듣기만 하고 아무 말 없으셨어. 근데 이렇게 그릇을 주문하실 줄이야."

"그랬구나. 난 꼭 해낼 거야. 난 아버지의 아들이잖아!"

강뫼가 주먹을 불끈 쥐고 환히 웃자, 단비가 강뫼 허리에 팔을 둘렀다.

"아무렴, 당연하지! 근데 설날이 얼마나 남았지?"

"넉 달은 족히 남았지. 지금이 구월 초순이니까. 시간은 충분해."

"뭐가, 오히려 빠듯하지. 흙이랑 계곡물 얼기 전에 재벌구이까지 다 마쳐야 하잖아."

"하긴 늦어도 두 달 안에는 모두 끝내야겠네. 걱정 마, 요즘 효문이도 열심히 하니까 잘될 거야. 검동이랑 풍이도 요즘 한몫 단단히 거든다니까."

"그래. 누나도 힘껏 도울게. 모든 게 잘될 거라 생각하자."

단비가 사기전으로 내려간 뒤 강뫼는 고개를 쭉 빼고 이제나 저제나 효문을 기다렸다. 운봉 스님한테 주문받은 일도 상의하고 작업 계획도 얼른 짜야 했다. 그러나 해가 서쪽으로 기울 때까지도 효문은 오지 않았다. 강뫼는 슬슬 짜증이 났다. 작업장 바닥을 쓸던 검동이 힐끔힐끔 강뫼 눈치를 보았다.

"효문이 형이 왜 안 오지? 내가 찾아와요?"

"냅둬라. 설마 안 오겠니? 너랑 풍이는 그만 내려가 봐."

"형은요?"

"일 좀 더 하다 갈란다. 단비 누나한테 저녁밥 좀 올려 달라고 해 주렴."

"알았어요."

검동이와 풍이가 가고서 얼마 지나지 않았을 때였다. 멋들어진 휘파람 소리가 작업장 안까지 흘러들어왔다.

'녀석 이제 오는군. 참 빨리도 온다.'

강뫼는 얼른 작업장 밖으로 나갔다. 효문이 올라오고 있었다. 강뫼의 입에선 볼멘소리가 절로 나왔다.

"다 늦은 저녁에 뭐 하러 나타나냐? 노는 김에 그냥 팍 노시지."

"미안해, 내가 너무 늦게 왔지? 사기전에 손님이 많길래 좀 거드느라 늦었다."

"그럼 누나한테 얘기 못 들었어?"

"무슨 얘기? 단비 누나 못 봤는데? 아주머니가 심부름 보내신 것 같더라. 그래서 사기전 일손도 더 달렸고."

"그랬구나. 난 또 네놈이 농땡이 치는 줄 알았지. 효문아, 엄청난 소식이 있어. 운봉 스님이 청자를 주문하셨어. 내년 설에 동학사에서 쓸 그릇들이야."

강뫼는 소매 속에 넣어 둔 주문장을 꺼내 효문에게 건넸다. 주문장을 쓱 훑어보더니 효문이 시큰둥하게 말했다.

"이 많은 걸 언제 다 만들어? 난 무리하게 주문받는 건 반대야. 못 하겠다고 해."

강뫼는 기가 막혔다. 좋아서 펄쩍펄쩍 뛰어도 모자랄 판에 반대라니.

"왜 그래? 힘에 부치는 일이라는 건 나도 알아. 하지만 우리 둘이 힘을 합치면 해낼 수 있다고. 이런 기회가 쉽게 오냐?"

그래도 효문의 말투는 여전히 삐딱했다.

"솔직히 말할게. 사실 난 청자고 뭐고 아무것도 못 빚겠다.

내가 만든 그릇은 만날 먼지 뒤집어쓰고 있고, 네가 만든 그릇은 불타나게 팔리는데 내가 무슨 낙으로 청자를 빚어?"

강뫼는 놀랍고 안타까웠다. 효문의 심정도 이해가 안 가는 건 아니었다. 그래도 지금은 효문을 설득해야만 했다.

"참나, 그것 때문이야? 야, 지금 내 그릇이 조금 더 잘 팔리는 건 내가 너보다 노력을 좀 더 하기 때문이야. 그건 너도 인정하지?"

"몰라."

"인마, 네가 조금만 더 신경 쓰고, 연습도 열심히 해 봐라. 나보다 훨씬 더 훌륭한 청자를 빚을 수 있을걸? 그리고 우린 친구 아니니? 누가 더 잘하느니 못하느니 비교하는 게 무슨 의미가 있어? 그런 걸로 서로 상처받지 말자……. 불알친구끼리 무슨 경쟁이야?"

"됐어. 뭣 때문에 청자 만든다고 아등바등하느냐고. 난 그저 지금처럼 청자 비슷한 그릇만 만들어도 괜찮아. 잘난 청자는 너나 만들라고!"

효문의 비아냥거림에 강뫼는 그만 비위가 상하고 말았다.

"잘난 청자? 너 그럼 왜 대구소에서 나 따라왔는데? 치손이 놈 도망쳤을 때 나하고 새끼손가락 걸고 약속한 거 잊었어? 어디든 가서 훌륭한 사기장이 되자고 한 거, 서로 의지하며 하나하나 헤쳐 가며 살기로 한 거!"

"내가 그랬었나? 암튼 대구소를 떠난 건 스님 되기 싫어서였고, 새끼손가락 걸고 약속한 건 그때 네가 너무 힘들어 보였기 때문이다. 그렇지만 지금은 생각이 달라졌어. 사람 마음이란 게 원래 이리저리 흔들리는 게 정상 아니냐? 치손이 형이 단비 누나 버리고 간 것도 마찬가지 이치고."

참다못한 강뫼는 대뜸 효문의 멱살을 잡았다.

"그놈 얘기를 왜 꺼내? 하긴 네깟 놈이 무슨 청자를 만들겠어. 빈둥빈둥 대충대충 사는 놈이! 넌 아란이를 사랑할 자격도 없어. 능력도 없는 놈이 뭔 사랑 타령이냐?"

강뫼의 주먹이 앞으로 쑥 나갔다. 효문의 얼굴이 홱 돌아갔다. 그러나 곧 효문은 얼굴을 바로 하고 강뫼를 노려보았다.

"뭐, 네깟 놈? 빈둥빈둥 대충 살고 능력도 없는 놈? 그게 하나뿐인 친구한테 할 소리냐?"

효문은 미친 듯이 강뫼를 패기 시작했다. 얼굴로, 배로, 정강이로, 효문의 주먹과 발이 사정없이 내리꽂혔다. 강뫼는 중심을 잃고 비칠거리다 그만 바닥에 나동그라지고 말았다. 효문이 거친 손길로 강뫼를 바로 뉘더니 그대로 배 위에 올라탔다.

"네가 뭔데 날 모욕해? 네놈이 아란이 좋아하고, 아란이가 너 좋아했던 거 다 알아. 하지만 아란이는 이제 내 여자라고! 사내놈이 사랑도 못 지키면서 청자 타령은……."

효문의 주먹질이 소낙비처럼 쏟아졌다. 강뫼는 서서히 의식을 잃었다.

"강뫼야, 눈 좀 떠 봐!"

누군가 세차게 몸을 흔들어 대는 바람에 강뫼는 정신을 차렸다. 하지만 눈을 뜰 수도, 몸을 일으킬 수도 없었다. 돌멩이를 얹은 듯 눈꺼풀이 무겁고 몸 구석구석 뼈마디가 욱신거렸다. 울먹이는 목소리가 귓전에 들렸다.

"어쩌면 좋아. 어떻게 사람을 이 꼴로 만들 수가 있어."

강뫼는 흠칫 놀랐다. 목소리의 주인이 아란이었기 때문이다.

강뫼는 가까스로 눈을 떴다. 아프고 묵직한 눈꺼풀이 힘겹게 들리면서 아란의 얼굴이 아슴푸레 보였다. 그제야 어떻게 된 일인지 대충 짐작이 갔다.

'아, 효문이한테 얻어맞고 정신을 잃었었구나. 근데 아란이가 웬일이지?'

아란은 효문과 짝이 되고부터는 여간해선 작업장에 오지 않았다. 사기전 일을 돌보느라 그러기도 했지만, 강뫼랑 마주치는 걸 피하려고 그러는 듯했다.

강뫼는 억지로 몸을 일으켰다. 온몸 뼈마디가 으스러질 듯 아파 저도 모르게 신음소리가 새어나왔다. 아란이 놀라 강뫼의 등허리를 부축했다.

"괜찮아. 안 잡아 줘도 돼."

강뫼는 앉은걸음으로 몸을 질질 끌고 가 벽에 기댔다. 그새 밤이 깊었는지 창 아래엔 등잔불이 오롯이 밝혀져 있었다. 퉁퉁 부은 입술을 가까스로 열고 강뫼가 말했다.

"아란아, 네가 웬일이야?"

"으응, 저녁밥 올려 보내 달라고 했다며."

"근데 왜 네가……. 누나는 없어?"

"내가 와서 싫어?"

아란이 두 볼을 발갛게 물들이며 눈을 흘겼다. 강뫼는 천둥 번개에 놀란 양 가슴이 저릿저릿했다. 이렇게 아란과 단둘이 있는 게 얼마 만인지 모른다.

"무슨 그런 말을……. 작업장에 통 안 나타나던 네가 왔으니
그러지……."

"효문이가 싸우다가 널 많이 때렸다고 하더라. 많이 다쳤
을 것 같다며 걱정하더라고……. 나도 얼마나 마음이 쓰이던
지……."

아란의 눈가에 이슬방울이 맺혔다. 효문의 마음도, 아란의
마음도 알 것 같아 강쇠는 가슴이 짠했다.

"짜식, 웃기네. 포악지게 때릴 땐 언제고……. 걱정 마. 우리
가 한두 해 친구냐?"

"괜찮은 거야? 많이 아플 거 같은데. 얼굴에 멍도 시퍼렇게
들고……. 속상해라."

"이 정도 갖고 뭘. 근데 네가 왜 내 걱정을 해. 나한텐 눈길
도 한 번 안 주더니."

"아이, 몰라. 단비 언니가 검둥이한테 네 저녁밥을 갖다 주
라잖아. 그래서 언니한테 내가 갖다 주겠다고 했지. 효문이한텐
비밀로 해 달라고 했고, 검둥이도 언니가 저녁밥 갖다 준 걸로
알고 있으니까 걱정 마."

"으응, 그래?"

"배부터 채워. 광주리 이고 오느라 죽는 줄 알았다."

"고마워."

아란은 손수 밥숟갈을 강쇠 손에 쥐여 주었다. 강쇠는 눈물
이 날 것만 같았다.

그때였다. 밖에서 거친 발소리가 들려왔다. 아란의 눈빛이

불안하게 흔들렸다.

이윽고 발소리가 문 앞에서 끊어지더니 효문이가 안으로 불쑥 들어섰다. 셋의 눈빛이 동시에 한 자리에서 엉켰다. 효문의 차가운 목소리가 다짜고짜 아란에게 향했다.

"아란이 네가 왜 여기 있어? 한참 찾았는데."

"응, 단비 언니가 강뫼한테 저녁밥 좀 갖다 주라 해서……."

그래도 효문은 잔뜩 굳어진 눈초리를 풀지 않았다.

"누나가 너 어디 갔는지 모른다던데. 그리고 네가 왜 강뫼 저녁을 갖다 주지? 검동이도 있던데."

"미안해. 네가 강뫼를 너무 많이 때렸다기에 걱정이 돼서……."

효문의 얼굴이 확 일그러졌다.

"네가 왜 강뫼를 걱정해? 걱정하면 내가 하지."

효문이 아란을 매섭게 쏘아보더니 옷소매를 잡아끌었다.

"가자!"

뭐라고 한마디라도 해야 하는데 강뫼는 아무 말도 하지 못했다.

효문에게 이끌려 작업장을 나서며 아란이 뒤를 돌아보았다. 검고 커다란 눈에서 눈물이 흐르고 있었다.

12. 무명 손수건

효문과 아란은 떠나 버렸다. 강뫼와 효문이 심하게 다툰 그 날 밤에……. 믿고 의지했던 단짝이, 애틋한 그리움을 알게 해 준 첫사랑이, 그렇게 한꺼번에 강뫼 곁을 떠났다.

강뫼는 한쪽 팔다리가 떨어져 나간 것만 같았다. 아니, 심장이 통째로 도려내진 듯했다. 가슴이 터질 듯 아프고 마음을 가눌 수 없을 만큼 힘들었다. 아버지를 잃었을 때, 아저씨를 떠나 보내야 했을 때와는 또 다른 슬픔이었다. 배신감도 밀려왔다. 배신감은 분노의 다른 이름이기도 했다.

'나쁜 놈, 어떻게 이럴 수가 있어? 새끼손가락 걸고 한 약속이 이 정도였단 말이지?'

'바보 녀석. 역시 효문이 놈은 사기장 될 재목이 아니었어.'

분노는 곧 고통을 이기는 힘이 되었다. 강뫼는 이를 악물고 스스로를 다잡았다.

'여기서 무너지면 끝이야. 효문이가 없다고 내 꿈, 내 길을 포기할 순 없어. 나 혼자서도 할 수 있다고. 동학사 주문도 보란 듯이 해낼 거야.'

하지만 오기를 부리는 건 여기까지였다. 온몸에 기운이 빠지고 뾰족한 대책도 있을 리 없었다. 효문이 없는 상태에서 운봉 스님이 주문한 청자를 모두 만들기란 불가능했다. 효문과 아란을 잃은 허전함도 눈덩이처럼 날로 커져만 갔다.

금쪽같은 시간이 의미 없이 흘렀다. 운봉 스님을 찾아가기로 한 날이 코앞이었다. 어째야 좋을지 모르는 채 강뇌는 일단 작업장으로 나갔다.

효문과 나란히 앉아 일하던 작업대가 눈에 들어왔다. 텅 빈 효문의 자리를 보자 눈시울이 뜨거워졌다.

'16년 우정을 팽개치고 가다니, 나한테 뭐가 그리 섭섭했을까. 제 그릇보다 내 그릇이 더 많이 팔리는 게 그리도 속상했을까?'

강뇌는 입장을 바꿔 효문을 이해하려 해 보았다. 그러나 아무리 해도 이해할 수 없었다.

'친구 사이에 누가 더 잘하고 못하는 게 무슨 의미가 있어. 제깟 놈이 열심히 했으면 또 몰라……. 그리고 아란이를 가진 것만으로도 나를 이긴 거 아닌가?'

이런저런 생각에 잠겨 우두커니 있는데 단비가 불쑥 찾아왔다.

"뭐 해? 왜 그렇게 청승맞게 앉아 있어?"

"어, 누나 왔어?"

"괜찮니? 네 마음 말이야."

"으응, 그냥 그렇지 뭐."

단비는 물끄러미 강뫼를 보았다.

"너무 아파하지 마라. 아무리 큰 슬픔도 다 지나가더라."

"알았어."

"지금 당장은 효문이가 널 배신한 것처럼 느껴지겠지만 그건 아닐 거야. 효문이는 진실한 아이잖니. 널 떠났을 때는 무슨 속내가 있었을 거라고. 언젠가는 아란이랑 꼭 돌아올 거다. 이거나 받아."

단비가 속치마 주머니를 뒤적이더니 무명 쌈지 하나를 꺼냈다.

"그날 밤 아란이가 나한테 몰래 와서 맡기고 간 거야. 너 주라면서."

강뫼는 떨리는 가슴을 감춘 채 쌈지를 풀었다. 네모반듯하게 착착 접은 무명 손수건이 쌈지 속에서 모습을 드러냈다. 손수건을 조심조심 펼쳤다. 무명 손수건은 온통 하얬지만 오른쪽 아래한 귀퉁이에 고운 수가 놓여 있었다. 푸른 바다와 잿빛 갯벌, 바다 위를 나는 물새를 솜씨 좋게 수놓은 거였다. 단비가 손수건을 보며 빙싯 웃었다.

"배운 지 얼마 안 됐으면서 수를 잘도 놓았네. 너랑 헤어지는 게 마음 아팠나 보다. 하긴 그 애가 널 좋아했지, 알고 있었니?"

손수건을 되접어 소맷부리 안에 넣으며 강뫼가 대꾸했다.

"옛날 얘긴 마."

"나도 그 애가 좋더라. 밝고 참해서. 그래서 너랑 짝이 되면 참 좋겠다고 생각했는데……."

"그만 하라니까!"

단비가 머쓱해하며 말머리를 돌렸다.

"알았어. 그나저나 운봉 스님이 주문한 건 어쩔 셈이니?"

"해야지."

"스님한테 솔직히 말씀드리고 주문을 반으로 줄이면 어떨까? 효문이도 없는데 너 혼자 그 많은 주문을 어떻게 감당하겠니? 검동이랑 풍이는 허드렛일이나 하는 수준이잖아."

강뫼는 한숨을 내쉬며 고개를 끄덕였다.

"내 생각도 그래. 그걸 다 할 수도 없고, 효문이가 없다고 포기할 수도 없잖아. 그런데 한 가지 다른 생각도 있어."

"뭔데?"

"딴 사기장과 품앗이를 하는 거지. 주문이 많을 땐 그렇게도 하잖아. 난 주문을 줄이는 것보단 품앗이 사기장을 쓰는 게 더 낫다고 생각해."

"괜찮은 방법이네. 근데 함께 일할 만한 사기장이 있겠니? 운봉 스님이 허락하실지도 알 수 없고."

"물론 스님이 허락하셔야 가능한 일이지. 잘 알아볼 테니 누나는 걱정 마. 어렵게 얻은 기회를 포기하진 않을 테니까."

"그래. 인생은 산 너머 산이더라. 하나씩 천천히 넘어가자. 강뫼야, 누난 너를 믿어. 이만 내려가 볼게."

단비가 간 뒤 강뫼는 소맷부리 속에 넣었던 손수건을 꺼내 보았다.

'아란이는 왜 이걸 나한테 주고 갔을까? 영원한 이별이란 뜻일까? 아니면 영원히 잊지 말라는 뜻일까?'

도무지 짐작할 수 없었지만 강뫼는 자기 멋대로 생각하기로 했다.

'이 손수건이 있는 한 효문이랑 아란이는 나를 떠난 게 아니야. 나를 배신하고 간 게 아니야. 아버지는 가셨어도 꼬마 매병이 내 곁에 있는 것처럼.'

강뫼는 손수건을 얼굴에 살며시 대곤 눈을 감았다. 웃을 때마다 어여쁜 볼우물이 패던 아란과 늘 듬직하던 효문의 모습이 눈에 선했다.

그때 검동과 풍이가 빈 흙 지게를 멘 채 들어섰다. 얼굴이 거무죽죽하고 넙데데한 검동이 누런 이를 드러내 보이며 활짝 웃었다.

"형, 우리 둘이 새 흙을 몇 무더기나 퍼다 놨어요. 동학사 그릇을 만들어야 하잖아."

"잘했다. 효문이가 없으니 너희가 더 열심히 해 줘야 한다. 알았지?"

강뫼는 둘의 머리를 쓰다듬어 주었다.

"우리도 알아요. 효문이 형이 도망쳤으니 우리가 더 열심히 해야지."

"도망치긴 누가 도망쳐? 잠깐 어디 다니러 간 거야, 인마."

"쳇, 강뫼 형 그리 심하게 패놓고 미안하다 말도 안 하고 갔다면서요. 아주머니랑 누나한테도 한마디 안 하고. 그럼 도망친 거지."

검동의 말에 풍이가 "맞아." 하며 맞장구를 쳤다. 강뫼는 둘의 이마를 쿵 소리가 나게 박치기시키곤 단단히 일렀다.

"이 녀석들이! 한 번만 더 그런 말 하면 가만 안 둔다. 난 내려가 볼 테니 너희는 작업장 청소나 좀 해 둬."

검동과 풍이가 입술을 삐죽거리며 빗자루를 집어 들었다.

강뫼는 산길을 내려와 저잣거리를 몇 걸음 걷다가, 문득 발길을 돌려 맞은편 산기슭으로 향했다.

산어귀에 접어들었을 때였다. 누군가 뒤에서 강뫼의 어깨를 툭 쳤다.

"강뫼 아닌가?"

북쇠였다. 강뫼는 깜짝 놀라 넙죽 고개를 숙였다.

"아, 형님. 안녕하세요?"

"어디 가는 길인가? 자네 가마는 저쪽 기슭이잖은가?"

"실은 형님을 만나러……."

"나를?"

북쇠는 계룡산 기슭에서 제법 큰 가마를 운영하는 젊은 사기장이었다. 아란네와 함께 보안에서 옮겨 와 아저씨 밑에서 일을 했는데, 강뫼네가 계룡산 기슭으로 오기 얼마 전 따로 가마를 짓고 독립했다. 어릴 때 두창을 앓아 얼굴이 잔뜩 얽은 것 말고는, 훤칠한 키에 덩치도 좋고 무엇보다도 눈망울이 맑고 순했다. 스물한 살 나이에도 그릇 빚는 솜씨가 남달라 계룡산 사기장 중에선 가장 전도유망하고, 홀어머니를 모시는 정성도 유별나다는 소문이었다. 하긴 아저씨가 오죽하면 아란의 짝으로 점찍었을까. 북쇠는 아저씨 생전에도 자주 아란네 가마에 들르곤 해서 둘은 서로를 잘 알고 있었다. 그렇다고 속말을 나눌 정도로 깊은 사이는 아니었지만.

"상의드릴 게 있어서요."

"이거 잘됐군. 나도 자네한테 할 얘기가 있어서 짬을 내서 한 번 찾아가려 했었네. 우리 술이나 한 잔 하며 얘기 나누세."

강뫼는 북쇠를 따라 가까운 주막으로 향했다.

주막엔 서른 중반의 주모가 펑퍼짐한 엉덩이를 평상에 걸치고 앉아 청승맞게 졸고 있었다. 아직 점심도 한참 전인지라 손님은 눈을 씻고 봐도 없었다.

"주모! 간밤에 뭘 했기에 훤한 대낮에 꾸벅꾸벅 조슈? 우리 술상이나 좀 차려 주슈!"

북쇠의 목소리에 주모가 화들짝 놀라 일어났다.

"난 또 누구라고. 자는 사람 앞에서 그리 크게 소리치면 어째? 애 떨어지면 책임질 겨?"

"주모는 툭하면 애 떨어진다지. 그 배 속에 정말 애라도 들었수?"

"이 사람이, 어미뻘 주모한테 못하는 소리가 없네. 어여 여기 앉기나 혀."

조금 뒤 주모가 술병에 콩나물국밥, 오이무침, 물김치를 곁들인 술상을 내왔다. 북쇠는 강뫼 잔에 술을 가득 따르곤 자기 잔에도 술을 부었다.

"아, 전 아직 술을 못합니다."

"허어, 장가가서 애도 낳았을 나이인데 술을 못해서야 쓰나? 한 잔만 들게. 어서."

강쇠는 마지못해 술잔을 입에 대는 시늉만 하다 도로 내려놓았다. 하지만 북쇠는 말술이란 소문을 증명하듯 술 한 사발을 단숨에 들이켰다. 이윽고 북쇠가 말문을 열었다.

"운봉 스님한테 엄청난 일감을 받았다지?"

"예, 그리는 되었는데 솜씨도 부족하고 이래저래 걱정입니다."

"까다롭기로 소문난 운봉 스님이 얼마나 미더우면 자네한테 일감을 맡겼겠나? 축하하네. 그건 그렇고 내 본론부터 말함세. 저…… 내가 자네 매형이 되면 안 되겠나?"

"예에?"

"왜? 누나 짝으로는 영 아닌가? 하기야 곰보 신랑을 좋아할 처자가 어디 있겠어. 하지만 난 얼굴이 얽은 거 말고는 남한테 꿀릴 건 하나도 없다고 생각하네."

"아무렴요. 저도 형님 같은 분이 매형이 되면 든든하고 좋지요."

강쇠의 입에서 저도 모르게 이런 말이 툭 튀어나왔다. 물론 북쇠를 단비의 짝으로 생각해 본 적은 한 번도 없었다. 하지만 북쇠 말을 듣고 보니 그러면 참 좋겠다는 생각이 들었다. 그러잖아도 강쇠는 동학사의 청자를 품앗이할 사람으로도 북쇠를 점찍어 두고 있었다. 지금도 그 말을 하려고 북쇠를 찾아가던 길이었다.

"허허, 자네가 내 편이 돼 줄 수도 있다, 이거지?"

북쇠가 호탕하게 웃으며 벌컥벌컥 술을 들이켰다.

"예, 돌아가신 아저씨도 형님 칭찬을 많이 하셨는걸요. 하지만 누나 마음이야 제가 어찌 이래라저래라 하겠습니까?"

"당연하지. 자네 누나 마음을 얻고, 어머님 허락을 받는 거야 당연히 내 몫이지. 그래도 자네 의중을 알았으니 한결 기운이 나네. 그나저나 나한테 상의할 일이란 뭔가?"

"형님, 제 일을 좀 도와주세요. 효문이가 엊그제 이곳을 떠났습니다. 아란이하고요."

북쇠가 작은 눈을 휘둥그레 떴다.

"뭐? 효문이랑 아란이가? 갑자기 왜? 안 좋은 일이라도 있었나?"

강뫼는 효문과 아란이 얘기는 대충 얼버무리고 품앗이 이야기를 자세히 했다. 북쇠가 흔쾌히 답했다.

"좋네. 스님이 허락하신다면 내 기꺼이 도움세."

"고맙습니다. 스님한테는 제가 말씀드려 볼게요."

13. 북쇠

운봉 스님은 북쇠가 강뫼의 품앗이가 되는 걸 허락했다. 부지런하고 의욕적이며 솜씨까지 좋은 북쇠와 일을 하게 돼, 강뫼도 여간 든든한 게 아니었다. 둘은 서로 호흡도 잘 맞았다. 이대로만 간다면 동학사에서 주문받은 청자를 계곡물 얼기 전에 다 끝낼 수 있을 것 같았다.

그날도 강뫼는 종일 쉴 새 없이 일하다가 달이 중천에 떴을 무렵에야 작업장을 나왔다. 집으로 들어서니 어머니와 단비가 툇마루에 나앉아 있었다.

"밤바람이 찬데 왜 나와 있으세요?"

"네가 안 오는데 어찌 자. 단비야, 미숫가루나 한 대접 타 오려무나."

단비가 부엌에 들어가 얼른 미숫가루를 물에 타 왔다. 강뫼는 선 채로 단숨에 들이켜곤 툇마루에 엉덩이를 걸쳤다. 어머니가 기다렸다는 듯 말했다.

"잘됐다. 네 얘기부터 들어 보자."

어머니가 무슨 이야기를 꺼낼지 강쇠는 얼추 짐작이 갔다. 단비와의 혼사 문제를 어머니에게 말씀드렸다는 얘기를 며칠 전 북쇠에게 들었기 때문이다.

"북쇠하고 일해 보니 어떻더냐? 한 달 남짓 함께 일했으니 품성을 알만도 하잖느냐?"

강쇠는 더하지도 빼지도 않고 솔직하게 대답했다.

"한마디로 말해 진국이지요. 성품 올곧고 진중하지요. 아랫 사람도 잘 챙기고 그릇 빚는 솜씨 좋지요, 나무랄 데가 없습니다."

"그렇지? 단비야, 어미 말 좀 잘 들어 봐라."

어머니가 정색을 하자 단비가 눈을 동그랗게 떴다.

"북쇠라고 너도 알지? 그 사람이 너를 짝으로 맞고 싶다는 구나. 네 짝으론 그만 한 사람이 없지 싶다. 깊이 생각할 것 없다. 추석 지나면 찬물 떠놓고서라도 혼례를 올리자꾸나."

단비가 고개를 바짝 쳐들었다. 달빛 때문일까, 얼굴이 백짓장처럼 창백했다.

"어머니, 전 혼인 같은 거 안 해요. 지금처럼 어머니 모시고 살 거라고요!"

"뭐? 혼인을 안 한다고? 그게 무슨 소리야?"

"다 아시면서, 왜 그러세요!"

"뭘! 뭘 안단 말이냐, 내가?"

어머니가 다그치자 단비가 벌떡 일어나 사립 밖으로 후다닥 뛰쳐나갔다. 어머니가 툇마루를 치며 중얼거렸다.

"저 미련퉁이 좀 보게. 굴러들어온 복을 제 발로 차는 게지. 속이 터져서 나는 못 산다."

강뫼는 얼른 짚신을 꿰신고 단비를 쫓아갔다. 사위가 깜깜해 어디가 어딘지 잘 보이지 않았다.

조금 뒤 시야가 밝아지면서 고개를 푹 숙인 채 어둑한 논둑 길을 걸어가는 단비가 보였다. 강뫼는 단숨에 그쪽으로 달려갔다. 발소리에 단비가 홱 고개를 돌렸다.

"따라오지 마. 날 그냥 내버려 둬."

얼음장 같은 목소리가 밤하늘에 쨍 울려 퍼졌다.

"누나, 잘 생각해 봐. 북쇠 형, 정말 괜찮은 사람이라고. 아무렴 어머니나 내가 누나한테 아무나 짝지어 주려 하겠어?"

강뫼는 단비의 두 팔을 잡고 애원하듯 말했다.

"어떻게 그래! 내 마음, 넌 몰라."

단비가 두 손으로 얼굴을 가린 채 어깨를 들썩였다. 강뫼는 단비의 좁은 어깨를 가만히 감싸주었다. 한참을 울고 난 뒤에야 단비가 얼굴을 감싼 두 손을 풀었다.

"솔직히 말할게. 난, 그 누구와도 혼인할 수 없는 몸이야. 난 이미 한 남자를 사랑했고, 그 사람 아기까지 가졌었단다. 배 속에서 죽어 버렸지만……."

그 일을 처음 알게 된 양 강뫼는 조심스레 대답했다.

"그런 일이 있었구나. 하지만 그렇대도 누나 잘못이 아니잖아. 누나를 버리고 간 그놈 잘못이지. 누나하곤 상관없어."

"어떻게 상관이 없어? 그런 몸으로 어떻게 다른 남자랑 혼인을 해? 난 못 해."

단비의 눈에서 눈물방울이 도르르 굴러 떨어졌다. 강뫼는 한숨을 푹 내쉬었다.

"누나, 정히 그 일이 마음에 걸리면 북쇠 형한테 털어놓자. 그런데도 북쇠 형이 괜찮다고 하면 혼인하는 거야. 그 형은 분명히 누나를 감싸줄 거야."

"그걸 어떻게 털어놔? 또 설령 그 사람이 괜찮대도 난 못 해. 내가 혼인할 수 없는 까닭은 또 있어."

"그게 뭔데?"

"난 치손이 그 사람이 언젠가는 돌아올 거라고 생각해. 그 사람은 도망친 게 아닐 거야. 우릴 떠날 수밖에 없는 사정이 있었을 거라고. 나를 사랑했던 사람이 나를 두고 도망칠 리가 없잖아? 그러니 언젠가는 꼭 다시 돌아올……."

강뫼가 왈칵 화를 냈다.

"누나 미쳤어? 그놈은 아버지 청자를 훔치고 누나를 헌신짝처럼 팽개쳤어. 누나 배 속에 아기 있는 거 알고도 도망쳤잖아. 그런 벌레만도 못한 놈을 왜 기다려?"

"아냐, 나도 그 사람 사라지고 난 뒤에야 아기 가진 걸 알았어. 그러니 그 사람도 내가 아기를 가진 건 절대로 몰랐을 거야."

"그만둬! 그 자식이 무슨 낯짝으로 누나를 찾아와. 설사 찾아온다 해도 내가 가만 둘 거 같아? 어머니가 누나랑 그놈을 맺어줄 거 같아?"

"흑, 너는 몰라. 내 마음을 몰라."

단비가 쇳소리를 내며 울부짖더니 논둑길을 되돌아 뛰어갔다.

"누나! 서 봐. 거기 서 보라고!"

강뫼가 소리쳐 불렀지만 단비는 밤바람을 가르며 앞으로만 내달렸다.

그로부터 며칠 뒤, 다 빚은 그릇에 무늬를 새기고 있을 무렵이었다. 갑자기 운봉 스님이 사미승을 통해 새로운 주문장을 보냈다. 모든 전각이 아니라 대웅전에 올릴 상감청자만 빚어 달라는 주문이었다.

사미승이 돌아간 뒤 강뫼가 물었다.

"운봉 스님이 왜 청자 주문을 줄이셨을까요? 우리 솜씨가 못 미더워서 그러신 걸까요?"

북쇠가 목소리를 한껏 낮췄다.

"스님이 새 왕조의 눈치를 보시는 거 같네. 새 왕조에서는 불교를 마땅치 않게 여긴다잖아. 재산 많고 논밭 많은 사찰은 아주 눈엣가시로 본다는 게야."

"왜요?"

"새 왕조를 세운 공신들 중에는 성리학인가 하는 새 학문을 공부한 사대부들이 많은데 그 사람들이 불교를 싫어한다는 거야. 나도 거기까지밖에는 모르네."

강뫼는 도무지 무슨 말인지 알 수가 없었다. 북쇠가 강뫼의 어깨를 투덕거렸다.

"청자 주문이 줄어 서운한가? 그리 생각 말게. 모든 것은 흐

르는 물처럼, 그저 흘러가는 대로 하면 문제가 없는 법이네. 주
문이 줄었으니 나는 이만 손 떼도 되겠지?"

"무슨 말씀을요? 이제까지 함께 했으니 계속 같이 해야지요.
전 사실 홀가분한 마음도 들어요. 부처님께 올릴 상감청자를 빚
기엔 솜씨가 많이 부족하다고 생각하거든요."

"그래, 좀 더 준비한 다음에 나중엔 더 근사한 주문을 받자
고. 참, 자네 누나는 좀 어떤가? 아직도 나를 싫다 하던가?"

강뫼는 잘됐다 싶었다. 북쇠에게 단비 이야기를 하려고 틈을
보고 있었기 때문이다. 며칠 동안 어머니 속을 끓이던 단비는
마지못해 반승낙을 했다. 만약 북쇠가 옛일을 알고서도 자신을
받아들이겠다면 혼인을 하겠노라고……

강뫼는 치손과 단비의 이야기를 차근차근 하기 시작했다.

북쇠는 내내 입을 꾹 다물고 있다가, 강뫼의 이야기가 끝나
자마자 의중을 털어놓았다.

"옛일은 나하곤 상관없네. 그 이야기를 듣기 전이나 지금이
나 내 마음은 변함없어……. 오히려 그럴수록 내가 자네 누나를
꼭 지켜 줘야겠다는 마음뿐일세."

14. 악연

　동학사에서 주문받은 청자를 재벌구이 하는 날이 하루 앞으로 다가왔다. 주문량에 비해 넉넉히 빚어 놓은 터라 질 낮은 하품이 더러 나온다 해도 큰 걱정은 없었다. 특히 운봉 스님이 청자의 비색에 대해선 그리 크게 따지지 않겠다고 했기에 강뫼도 그리 초조하진 않았다.

　강뫼는 작업장에 있는 그릇들을 가마로 옮길 차비를 했다.

　"와, 상감을 아주 잘했구나. 초벌구이 한 것만으로도 이리 기품 있는데 재벌구이하면 정말 근사하겠어. 상감하는 거 배운 지도 얼마 안 됐는데 어찌 이리 솜씨가 좋을까? 자네는 천생 사기장이라니까."

　강뫼가 빚은 상감청자 정병을 들고 북쇠가 너스레를 떨었다. 목 부분엔 자잘한 연꽃무늬를, 몸통 부분엔 버드나무 가지 늘어진 연못을 한가로이 떠다니는 오리 한 쌍을 새긴 정병이었다.

"형님도 참. 나한테 잘 보이려고 그러지요? 이제 보름만 있으면 누나랑 혼인할 건데 뭘 그래요?"

"그럴 리가 있나? 내 눈에 정말 좋아 보여서 하는 말이구먼."

강뫼한테 속마음을 들킨 북쇠가 호탕하게 너털웃음을 웃었다.

그때 말끔한 옷차림을 하고 한 손에 지팡이를 든 사내가 쑥 들어섰다.

"하하하, 내가 바로 찾아왔구나. 강뫼야, 나다! 치손이!"

강뫼가 얼떨떨해하는 사이 치손이 다시 소리쳤다.

"서운하네. 오랜만이라고 못 알아보는가? 나라고!"

그제야 강뫼는 정신이 번쩍 들었다. 동시에 온몸의 피가 거꾸로 솟구치며 심장이 터질 듯했다. 가마 속에서 나온 뜨거운 불길이 덮친 듯 얼굴도 확 달아올랐다.

"네가 무슨 낯짝으로 여길 와! 좋다, 내가 네놈을 아주 박살 내 주마!"

강뫼는 다짜고짜 치손에게 주먹을 날렸다. 하지만 이내 치손에게 손목을 잡히고 말았다.

"어허, 오랜만에 찾아온 매형을 어찌 이리 서운하게 대접하는가?"

치손이 능글맞게 웃으며 강뫼의 얼굴에 제 얼굴을 들이댔다. 강뫼는 치손의 손을 뿌리치려고 마구 버둥거렸다. 그러자 북쇠가 달려들어 치손의 정강이를 냅다 걷어찼다. 에구구, 소리를 지르며 치손이 바닥에 널브러졌다. 그새를 틈타 북쇠가 치손의 등짝 위에 올라탔다. 북쇠는 치손의 두 손을 등짝으로 모아 한

손에 움켜잡고, 자신의 다리로 치손의 허리께를 바싹 옥죄었다. 북쇠에게 눌린 치손이 몸을 버둥대며 씨근덕거렸다.

"으으윽, 이 자식은 어디서 굴러먹다 온 뼉다구야! 이거 놓지 못해?"

그럴수록 북쇠는 치손의 허리와 두 손을 더욱 세게 욱죄었다.

"네놈 얘기 다 들었다. 장인어른 청자까지 훔쳐 간 주제에 여기가 어디라고 찾아왔느냐, 엉?"

바닥에 엎어져 있던 치손이 고개를 번쩍 쳐들었다.

"장인어른? 네놈은 누구냐? 우리 단비는 내 각신데!"

동네 똥개 차듯 북쇠가 치손의 배를 홀러덩 걷어찼다.

"뭐, 우리 단비? 내 각시 될 사람이니 함부로 입에 올리지 마라!"

그때였다. 치손이 벌떡 일어나더니 옆에 있던 지팡이를 들어 그릇 칸을 향해 냅다 휘둘렀다. 눈 깜짝할 새에 일어난 일이었다. 청자들이 와장창 깨지며 바닥으로 나뒹굴었다.

"아악, 안 돼!"

강뫼가 놀라 소리치는데, 단비가 휘둥그레한 얼굴로 작업장에 들어섰다.

"무슨 일이야? 왜 이리 소란스러워?"

그러다 단비는 그만 그 자리에 우뚝 서고 말았다. 강뫼가 재빨리 단비 앞을 막아서곤 치손을 노려보았다.

"누나한테 손도 까딱하지 마! 당장 꺼져. 어서!"

치손은 아랑곳 않고 강뫼와 단비 앞으로 성큼성큼 다가갔다.

"어이, 단비! 오랜만이야. 잘 있었지?

강뫼가 치손을 향해 소리쳤다.

"닥쳐! 썩 꺼지기나 하라고!"

"꺼지라니, 그런 서운한 말이 어디 있나? 단비, 근데 어찌 된 거야? 그새 딴 서방을 꿰찬 거야?"

치손의 음흉한 목소리에 강뫼 뒤에 바짝 붙은 단비가 바들바들 떨었다.

강뫼는 분노가 솟구쳐 미칠 것만 같았다. 마침 문가 낫꽂이에 꽂힌 낫자루가 눈에 들어왔다. 여름이면 가마와 작업장 주변이 온통 잡풀로 우거지곤 해서 잡풀을 베려고 갖다 놓은 것이었다.

강뫼는 문가로 달려가 낫을 움켜쥐고 치손을 향해 힘껏 내리쳤다.

"이 자식, 어디서 행패야!"

그런데 치손이 아닌 강뫼의 오른손에서 굵은 핏방울이 뚝뚝 떨어져 내렸다. 핏방울은 정확히 오른손 검지와 중지에서 떨어지고 있었다. 강뫼가 낫을 내리치려는 찰나, 치손이 잽싸게 낫을 낚아채 강뫼에게 휘두른 것이었다.

"강뫼야!"

단비가 다급하게 소리쳤다. 그러고는 이내 치맛단을 푹 찢어 강뫼의 오른손 검지와 중지에 둘둘 둘렀다. 북쇠가 단비를 도와 치맛단 찢은 것을 세게 묶어 주었다.

그제야 정신을 차린 단비가 바닥에 털썩 무너져 내렸다.

"흐윽, 손을 다쳐서 어떡해, 흑흑."

노여움에 찬 강뫼가 치손에게 소리쳤다.

"네가 내 손을 쳐? 이 새끼!"

어찌나 살기등등한지 당장이라도 낫을 빼앗아 목이라도 벨
기세였다.

놀란 치손이 낫을 뚝 떨어뜨렸다. 북쇠가 얼른 낫을 잡아 등
뒤로 감췄다. 분을 이기지 못한 강뫼가 울부짖었다.

"죽고 싶지 않으면 당장 꺼져!"

"아이고, 까딱하다간 뼈도 못 추리겠구나. 흐흐, 좋다. 오늘
은 내 이만 물러가마. 두고 보자!"

치손이 비열한 웃음을 흘리며 작업장을 빠져나갔다.

치손의 뒷모습을 노려보던 단비가 몸을 벌떡 일으키더니 휘
청휘청 밖으로 걸어 나갔다. 강뫼가 성한 왼손으로 단비의 팔을
붙잡았다.

"누나! 어딜 가려고!"

"저이를 그냥 보낼 순 없어. 할 얘기가 있다고!"

"안 돼. 저런 인간하고 무슨 얘기를 한다고!"

"제발 날 좀 내버려 둬, 응? 한 번만!"

"보내 주게. 둘이서 한 번은 얘기를 해야 하지 않겠나?"

북쇠의 말에 강뫼는 단비를 잡았던 손을 맥없이 놓았다.

치손이 내려간 쪽을 향해 단비가 다다닥 뛰어갔다. 강뫼는
그 모습을 멍하니 보고만 있었다. 무엇을 어디서부터 어떻게 수
습해야 할지 알 수 없었다.

"손은 괜찮은가?"

북쇠가 어깨를 흔들었다. 강뫼는 뒤돌아섰다. 그러나 북쇠의

말은 귀에 들리지도 않고 엉망진창이 돼 버린 작업장 광경만 눈에 들어왔다. 다리가 스르르 풀렸다.

"아, 청자가! 청자를 다 망쳐 버렸어. 흐윽."

"이럴수록 자네가 정신을 차리고 힘을 내야 하네. 엎질러진 물, 주워 담을 수도 없으니 앞일이나 생각하세. 근데 손은 좀 어떻겠나? 어디 보세."

강뇌는 자신의 오른손을 내려다보았다. 피가 계속 나오는지 동여맨 천이 붉게 물들어 있었다. 얼마나 다친 건지 마구 욱신거리기까지 했다.

'설마 손가락뼈까지 다친 건 아니겠지?'

사기장에게 손은 생명이나 다름없었다. 그릇 모양을 빚고 섬세한 무늬를 새겨야 할 오른손은 더더욱 그랬다. 손가락이 자유롭지 못하면 좋은 모양을 빚을 수도, 섬세한 무늬를 새길 수도 없었다. 생전의 아버지도 사기장은 마음만큼이나 손을 잘 간수해야 한다고 했다. 그릇은 깨끗하고 맑은 마음으로 빚어야 하고, 손은 그 마음이 시키는 일을 거침없이 할 수 있어야 하기 때문이라면서. 그래서 그릇을 빚는 사기장은 마음도 손도 늘 깨끗하고 정성스레 간수해야 한다고 했다.

그런데 지금 강뇌는 마음을 더럽힌 터에 손까지 다친 것이었다. 치손을 죽이려고 낫을 치켜들었기에 마음을 더럽혔고, 그 바람에 고이 간수해도 모자랄 손을 다친 것이었다.

눈앞이 깜깜했다.

'아, 이제 나는 그릇을, 청자를 만들지 못하는 것일까?'

그러나 강뇌는 고개를 저었다. 아닐 거라고, 그럴 리는 없을 거라고 애써 마음을 다잡았다. 욱신거리는 통증을 감추고 강쇠는 북쇠에게 말했다.

"뭐, 살짝 베인 정도겠지요."

"부디 그래야 할 텐데. 덧나면 큰일이니 좋은 약을 한번 구해 봄세."

그나저나 지금 당장 해결해야 할 문제는 동학사 청자였다.

"형님, 운봉 스님한테는 뭐라 하지요?"

"솔직히 말씀드려야지 별수 있나? 이번 일은 인연이 아니었다고 여기게. 기회란 또 오게 마련이니 너무 속상해 말고. 자네 누나와 내 혼사도 강물 흘러가듯 되는 대로 하려 하네."

잠시 누그러들었던 분기가 치솟았다. 강쇠는 불끈 핏대를 세웠다.

"형님, 그게 무슨 말씀이세요? 그놈 때문에 동학사 청자는 망쳤지만 누나만큼은 무슨 수를 써서라도 지킬 겁니다. 하늘이 무너져도 절대로 누나를 그놈한테 보내지 않는다고요!"

북쇠가 빙싯 웃었다.

"이 사람도 참. 나라고 자네 누나를 뺏기고 싶겠는가? 운봉 스님부터 만나러 가세. 작업장은 이따 치우고."

"예, 그래요."

동학사로 올라가자, 운봉 스님은 오후 예불을 끝내고 요사채에서 쉬고 있었다. 어른 손바닥보다 조금 큰 바라지창으로 한 줄기 석양이 들어와 방 안이 환했다.

"뭐라? 다 만든 청자가 몽땅 못 쓰게 됐다고?"

스님의 쩌렁쩌렁한 목소리가 방 안을 흔들었다.

"죽을죄를 지었습니다."

강뫼가 기어들어가는 목소리로 대답했다.

"죽을죄는 나중 일이고 지금 당장 닥친 문제는 설에 쓸 그릇 아니더냐!"

"그러니 어찌 하면 좋습니까?"

"뭘 어찌 하느냐. 네놈들이 도깨비도 아닌 터에 날은 추워지지, 새 청자를 만들 수가 있느냐?"

"웬 미친놈이 나타나서 행패만 부리지 않았어도……."

북쇠가 얼버무렸다. 둘은 치손의 존재를 스님에게 함구하기로 미리 입을 맞췄다. 강뫼와 북쇠, 단비 말고는 치손이 왔다 간 걸 아무도 모르니 그저 정신 나간 놈이 와서 행패를 부린 걸로 하기로 한 거였다.

스님이 끌끌 혀를 찼다.

"너희 탓은 없고 미친 놈 탓만 있는 것 같으냐? 근데 너는 손이 왜 그러냐? 다치기라도 하였느냐?"

"예, 조금……."

"그 미친놈 때문이냐?"

"예."

"허허, 네가 그놈과 악연을 맺어도 단단히 맺은 게로구나. 피까지 보았으니 말이다. 괜찮겠느냐?"

"예, 살짝 베인 정도이니 별일 없을 겝니다."

강뫼가 대수롭지 않은 듯 말했지만 스님은 강뫼의 다친 손을 눈여겨보는 듯했다.

"알았다. 그만 물러들 가라."

북쇠가 스님 눈치를 보며 조심스레 말했다.

"괜찮으시다면 제 가마에서 구운 청자라도……. 정병과 향로도 있고 다른 것도 꽤 있습니다만……."

"됐다. 설날 그릇은 내 알아서 하련다."

요사채를 나와 섬돌을 내려서는데 강뫼는 가슴이 콱 막혔다.

'이게 모두 그놈 때문이야. 그놈이 여기 계속 죽치기라도 하면 어쩌지? 그래서 누나 마음이 흔들리기라도 하면?'

'아냐, 절대 그런 꼴은 못 봐. 동학사 그릇은 그놈 때문에 망쳤어도 누나는 끝까지 지켜낼 거야!'

오른손도 아까보다 더 저릿저릿 아팠다. 강뫼는 이래저래 걱정이 커져만 갔다.

'아, 내 손은 괜찮은 걸까? 그릇을 빚고 상감도 새길 수 있을까?'

첫눈 내린다는 소설이 며칠 앞으로 다가왔다.

예상했던 대로 치손은 계룡산 기슭을 떠나지 않았다. 강뫼는 단단히 각오하고 있었다. 치손의 두 번째 행패를……. 하지만 한 번 그렇게 깽판을 부리고 간 뒤 치손은 웬일인지 다시는 나타나지 않았다. 그날 치손과 단비가 무슨 이야기를 나눴는지 아무도 몰랐다.

다행히도 단비 마음은 변함없었다. 치손이 계룡산 기슭에 남았는데도 당초대로 북쇠와 혼례를 올리기로 한 것이다. 치손이 나타난 걸 뒤늦게 알고 자글자글 속을 끓이던 어머니는 가슴을 쓸어내렸다.

혼인날, 단비는 삼단 같은 머리칼을 틀어 댕기를 드리고 족두리까지 썼다. 정갈한 혼례복을 차려입어 한결 믿음직해 보이는 북쇠는 두꺼비처럼 큰 입을 내내 다물지 못했다.

하지만 강뫼는 보고 말았다. 신부와 신랑이 맞절 후 합환주를 마실 때, 고개 숙인 단비의 눈에서 눈물이 떨어지는 걸. 또한 그걸 본 북쇠의 얼굴에 살짝 그늘이 지는 것도.

그래도 혼례는 무사히 끝났다. 행여 치손이 나타나 혼례장을 난장판으로 만들까 봐 다들 바짝 마음을 졸였지만 그런 일은 일어나지 않았다. 치손이 혼례장에 아주 안 온 것은 아니었다. 먼 발치에서 신랑신부의 모습을 지켜보다가 곧 자리를 뜨는 걸 강뫼가 보았으니까.

그날 저녁이었다. 강뫼가 한숨 돌리고 있는데 검동이 어이없는 소식을 전했다.

"형, 혹시 치손이란 사람 몰라요? 대구소에서 온 사기장이라던데……. 운봉 스님이 그 사람이 갖고 온 청자를 몽땅 샀다던데요. 스님이 그 사람 청자를 보고 한눈에 반해서 달라는 값 다 주셨대요."

좋지 않은 예감이 번개처럼 뇌리를 스쳤다. 강뫼는 자리를 박차고 일어났다.

"어디 가요? 묻는 말에 대답도 않고!"

검동이 뒤에서 소리쳤지만 강뫼는 한달음에 동학사로 달려갔다. 어스름 내린 앞뜰에서 똘똘하게 생긴 동자승 하나가 혼자서 자치기를 하고 있었다.

"얘, 운봉 스님 어디 계시니?"

"참선방에서 사경*하고 계실 걸요."

"시작하신 지 얼마나 됐는데?"

"글쎄요. 한 식경쯤 됐을라나요?"

강쇠는 아무래도 헛걸음했다 싶었다. 운봉 스님은 한 번 사경을 시작하면 몇 식경씩 계속한다는 풍문을 들었기 때문이다. 더구나 사경하는 동안에는 아무도 스님을 방해해선 아니 되었다.

아쉬움을 접고 다음을 기약하며 돌아서는데 뒤에서 운봉 스님 목소리가 들렸다.

"다저녁때 네가 웬일이냐?"

강쇠는 얼른 뒤돌아서서 합장하며 고개를 숙였다.

"스님, 여쭐 말씀이 있어서……."

"뭔데? 무에 급하다고 이 수선이냐?"

"대구소에서 온 사기장한테 청자를 사셨다고 들었습니다. 그것 좀 보여 주십사 해서……."

강쇠가 말을 마치기도 전에 호통이 떨어졌다.

"이놈이! 설날 공양 때 부처님께 올릴 청자이니라. 어찌 네놈한테 미리 보여 준단 말이냐!"

그래도 강쇠는 물러설 수 없었다. 두 눈으로 그걸 꼭 확인해야 했다.

"저도 대구소 출신입니다. 고향에서 온 청자라니 너무 궁금합니다. 제발 한 번만 보여 주십시오. 만지지 않고 보기만 하겠

---

*사경 : 불교 경전이나 경문을 베껴 쓰는 일.

습니다."

다시 불고함이 떨어졌다.

"허어, 썩 물러가지 못할까? 한 번 안 된다 하면 그런 줄 알아야지, 어찌 자꾸 졸라 대느냐?"

강뫼는 어쩔 수 없이 발걸음을 돌렸다. 스님이 뒤에서 끌끌 혀를 찼다.

"저놈이, 아주 되바라진 놈이구먼."

강뫼는 너무도 속상했다. 자기 마음을 몰라주는 스님이 야속하다는 생각까지 들었다. 터덜터덜 발걸음을 옮기는데 오른손 중지가 또다시 욱신거렸다. 좋다는 약을 어머니가 구해 와 바르기도 하고 먹기도 했지만, 어찌 된 일인지 시시때때로 욱신거리고 아물 기미를 보이지 않았다. 단비와 북쇠의 혼례도 있고, 당장 그릇 빚을 일이 없어 흙을 만져 보진 않았지만 이 손으로 그릇을 빚을 수 있을까, 조각칼을 잡을 수 있을까 강뫼는 불안하기만 했다. 이런 판국에 치손이 야릇한 장난질까지 치고 있는 것이다.

강뫼의 가슴은 다시금 분노로 파닥거렸다.

'치손이 놈이 스님한테 판 청자는 분명 아버지 청자일 거야. 두고 보자, 내가 진실을 꼭 밝혀낼 테니!'

15. 구구(口九)

첫눈이 일찍 내린다 싶더니 설날이 되기도 전 두어 번의 폭설이 계룡산을 덮었다.

이제 계룡산 기슭에선 대구소에서 온 사기장, 치손을 모르는 이가 없었다. 그가 빚은 청자를 보고 운봉 스님이 첫눈에 반했다는 소문, 새 봄이 되면 가마를 지어 본격적으로 청자를 만들어 팔 거란 소문, 앞으로 동학사에서 쓰는 그릇은 모두 치손이네 가마에서 댈 거라는 소문이 떠돌아다녔다.

강뇌는 마음이 급했다.

'치손이의 솜씨는 만만치 않아. 쫓아낼 수도 없으니 그놈을 이겨야 해. 그놈한테 절대 뒤질 수는 없어!'

화덕을 피우지 않으면 손이 꽁꽁 얼어붙을 정도로 추운 날씨이건만, 강뇌는 이런 생각 때문에 단비의 혼례가 끝난 뒤부터 작업장에 나와 일을 했다. 가을에 퍼다 놓은 흙을 물기 마르지 않게 잘 여투어둔 터라 상감 연습을 할 흙은 충분했다.

문제는 손이었다. 대체 어디를 얼마만큼 다쳤는지, 오른손 검지와 중지는 다친 지 스무 날이 넘도록 뻣뻣하니 펴진 채로 오므려지거나 움직여지지 않았다. 그릇을 빚을 수도, 조각칼을 제대로 잡을 수조차 없었다.

강뫼의 절망감은 이루 말할 수 없었다. 손이 완전히 낫지 않는다면 이대로 영영 청자를 빚을 수 없을지도 모른다는 두려움까지 몰려들었다. 절망감과 두려움 때문에 혼자서 몰래 운 것도 여러 밤이었다. 차라리 사기장 일을 포기할까 하는 생각도 했다. 손이 낫지 않는다면 그럴 수밖에 없을 것이다. 이럴 때 효문과 아란이라도 곁에 있다면 얼마나 위안이 될까, 하는 마음에 떠나가 버린 두 사람을 원망하기도 했다.

그렇게 며칠을 고민하던 강뫼는 마음을 다잡기로 했다.

'이대로 놔두면 손가락이 그대로 굳어 버릴지도 몰라. 자꾸 써서 움직이게 해야지 빨리 원상태로 돌아올 거야.'

'이 시련을 이기고 치손이 놈도 이겨야 해. 손을 다쳤다고 여기서 무너져 버리면 그놈한테 지는 거야. 그놈이 판치고 다니는 걸 두고 볼 순 없잖아.'

강뫼는 입술을 앙다문 채 흙을 빚고 물레를 찼다. 다친 손가락 때문에 모양을 제대로 만들 수 없어도, 무늬를 제대로 새길 수 없어도, 강뫼는 스스로의 마음을 다스리며 그릇을 다시 빚고 무늬를 다시 새겼다. 다 낫지도 않았는데 함부로 쓰다가 덧나면 큰일이라며 식구들이 말렸지만 강뫼는 아랑곳하지 않았다.

그러는 사이 새해 설날이 되었다. 손꼽아 기다리고 기다리던 날이었다. 강뫼는 떡국을 먹자마자 곧장 동학사로 향했다.

산길은 온통 하얀 눈으로 덮여 있었다. 짚신에 감은 설피*가 눈길을 밟을 때마다 뽀드득뽀드득 소리를 냈다.

동학사가 저만치 보였다. 그런데 절이 가까워질수록 자꾸만 자신이 없어졌다.

'치손이가 스님한테 팔았다는 청자가 과연 아버지가 빚은 청자일까? 아니면 어쩌지?'

불안감이 휘몰아치면서 이대로 돌아서고픈 마음마저 들었다. 만약 동학사의 청자가 아버지의 청자가 아니라면, 그 헛헛함을 어찌 해야 할 것인가. 차라리 확인을 하지 않는 것이 더 낫지 않을까, 싶었다.

강뫼는 잠시 걸음을 멈추고 곰곰 생각했다. 그러나 곧 고개를 저었다.

'스님이 한눈에 반했다면 분명히 아버지의 청자일 거야. 그놈 솜씨가 좋다 해도 까다로운 운봉 스님의 첫눈에 들 정도는 아닐 테니까.'

'설사 아버지의 청자가 아니라도 괜찮아. 확인도 하지 않고 이대로 돌아서는 것은 비겁한 짓이야.'

아까보다 훨씬 잰걸음으로 강뫼는 동학사 산문을 향하여 갔다.

아침 예불은 벌써 끝나 대웅전 법당 안엔 아무도 없었다. 강뫼는 짚신을 벗고 법당으로 들어갔다.

---

*설피 : 눈에 빠지지 않도록 신 바닥에 대는 넓적한 덧신.

먼저 삼배를 올린 뒤 불단 앞으로 나아갔다. 아침에 올린 공양물이 불단 위에 그대로 놓여 있었다. 강뫼는 공양물이 담긴 그릇들을 불단 왼쪽부터 차례대로 눈으로 훑기 시작했다.

그릇 하나하나에 눈길이 닿을 때마다 강뫼의 간절한 희망과 아득한 절망이 찰나를 사이에 두고 서로 교차되어 지나갔다. 그렇게도 강뫼가 보고파 하는, 원하는 그릇은 여간해서 나타나지 않았다.

불단 중간쯤에 이르러 강뫼는 두 눈을 크게 떴다. 너무도 낯익은 청자들이 눈앞에 나란히 자리하고 있었다. 참외 모양의 두 매병, 학처럼 목이 길고 화려한 연꽃과 덩굴무늬가 새겨진 정병, 사자 머리 모양의 뚜껑이 달린 향로, 모란꽃과 국화꽃 무늬가 잔잔히 상감된 사발…… 한눈에 보아도 단박에 알아볼 수 있는 아버지의 청자들이었다.

강뫼는 벅찬 마음을 진정시키며 청자 정병을 가슴에 품었다. 마치 아버지의 숨소리가 들리는 듯하고 아버지의 체취도 그대로 풍겨 오는 것만 같았다.

조금 뒤 강뫼는 조심조심 정병을 이마 위까지 들어올리고 굽바닥을 살폈다. 역시 굽바닥엔 '口九(구구)'란 두 글자가 아주 작지만 정확하게 새겨져 있었다. '大口所(대구소)'의 '口'자와 아버지 이름인 '九知(구지)'의 앞 글자를 하나씩 딴 것이었다. 아버지는 자신만 겨우 알아챌 수 있을 정도로 그릇 굽바닥마다 이렇게 '口九'란 글자를 아주 작게 새기곤 했다. 두 글자를 확인하는 순간 강뫼는 가슴이 뭉클했다.

'아버지의 청자가 내 눈 앞에 있다니. 다 잃어버린 줄만 알았

던 청자가!'

그때 뒤에서 쩌렁쩌렁한 목소리가 들렸다.

"게서 뭐 하는 게냐?"

강뫼는 깜짝 놀라 정병을 손에서 놓치고 말았다. 운봉 스님이 어간문으로 들어서고 있었다. 그러잖아도 오른손 검지와 중지가 자유롭지 못해 정병을 어정쩡하게 들고 있던 참이었다. 정병은 반들반들한 마룻바닥에 부딪치며 그대로 깨져 버리고, 안에 들었던 물은 바닥으로 흘러내렸다.

운봉 스님이 종종걸음으로 오더니 호통을 쳤다.

"이놈! 네가 청자를 훔치러 왔구나! 접때부터 청자를 보여 달라네, 뭐네 하더니만 기어코! 이놈, 어디 감히 불전에 올린 청자를 넘보느냐!"

강뫼는 당황한 나머지 말을 마구 더듬거렸다.

"후, 훔치러 온 게 아니고요, 저는 그저 처, 청자를 보기만 하려고……."

"훔칠 게 아니라면 왜 만져 보느냐? 응?"

그러더니 스님은 곧 움찔하며 불상을 향해 합장했다.

"아이고, 경건한 법당에서 소리를 질렀으니 어이할꼬! 부처님, 미련한 소승을 용서해 주옵소서. 이놈, 어서 사금파리 주워 담고 따라 나오지 못할까!"

강뫼는 법당 바닥에 흥건한 물을 허둥지둥 걸레로 훔치고는 사금파리를 주섬주섬 주워 저고리 앞자락에 담았다. 스님이 밖에서 기다리고 있어 마음이 조급했지만, 사금파리 한 조각도 빠뜨리지 않으려고 온 신경을 모았다. 자꾸만 눈물이 나왔다.

'아버지의 청자를 깨뜨리다니! 게다가 스님한테 청자 도둑놈으로 오해까지 받았으니 이를 어떡하지?'

법당 밖에는 쌀가루 같은 싸라기눈이 휘날리고 있었다. 눈을 피하려 처마 밑에 서 있던 스님은 강뫼가 주춤주춤 다가가자 도끼눈을 부릅떴다.

"네놈이 성품도 그만하고 그릇 솜씨도 참한 듯하여 마음에 두었거늘, 내가 사람을 잘못 보았구나. 감히 불전에 올린 그릇을 넘봐?"

강뫼는 허리를 반으로 툭 꺾었다.

"훔치려던 게 절대 아닙니다. 믿어 주십시오, 스님. 제가 스님에게 어찌 거짓말을 하겠습니까?"

"그럼 뭣 때문에 청자에 눈독을 들였단 말이냐?"

미심쩍은 눈길로 스님이 쏘아 보았다. 강뫼는 가슴이 답답했지만 차근차근 이야기했다.

"스님이 치손이란 자한테서 사신 청자들은 돌아가신 제 아버지가 빚은 청자이옵니다. 저는 그걸 확인하려고 법당에 왔던 것이고요……. 저번에 스님이 안 보여 주셨기 때문에 확인할 길이 이 방법밖에는 없었습니다."

운봉 스님의 짙은 눈썹이 꿈틀거렸다.

"정말이냐? 네 감히 거짓은 고하지 않으렷다!"

"정말입니다. 청자 굽바닥에 모두 '口九'란 글자가 새겨져 있습니다. 대구소의 구지가 새겼다는 뜻입니다. '구지'는 저희 아버지의 이름이고요. 제 말이 안 믿기시면 그 자를 다그쳐 보십시오. 끝까지 거짓말은 못 할 겁니다."

"그래? 근데 치손이란 놈 손에 어찌 네 아비 청자가 있었단 말이냐?"

강뫼는 말문이 턱 막혔다. 스님에게 어디까지 말씀드려야 할지 고민스러웠다. 그러나 하나도 숨김없이 모든 것을 말해야만 스님이 믿어 줄 것 같았다. 치손과 함께 대구소를 떠나온 일, 치손이 아버지의 청자를 훔쳐 달아난 일 모두를 강뫼는 낱낱이 털어놓았다.

"접때 작업장에 찾아와 행패를 부린 놈도 그 자입니다. 스님이 주문하신 청자를 다 망쳐 놓은 놈 말입니다."

"네 아비의 청자를 훔쳐 달아났던 놈이 나타나 행패를 부렸다는 게냐? 도둑놈 주제에 웬 행패란 말이냐?"

강뫼는 하늘을 올려다보았다. 싸락눈은 그새 함박눈으로 변해 있었다. 송이송이 내리는 눈이 사정없이 얼굴로 달려들었다. 강뫼는 손으로 눈을 털 생각도 않고 말을 이었다.

"스님, 이건 부디 비밀로 해 주십시오. 그놈이 행패를 부린 건 제 누나 때문일 겁니다. 사실 제 누나하고 그놈은 원래……."

강뫼는 단비와 치손의 얘기까지 다 털어놓았다. 물론 단비가 치손의 아이를 가졌던 것만큼은 말하지 않았다.

강뫼의 얘기를 다 듣고 난 스님의 얼굴은 눈 내리는 하늘처럼 마냥 흐려져 있었다.

"난 그것도 모르고 그놈이 천하의 사기장인 줄로만 여겼다. 알았다. 뒷일은 내가 알아서 할 테니 넌 내려가거라. 네 아비의 청자는 그대로 우리 불전에서 쓰마. 청자 값을 너한테 두둑이 쳐주면 되지 않겠느냐?"

강뫼는 생각 같아선 아버지의 청자를 손수 지니고 싶었다.
하지만 이미 불단에 올린 청자를 돌려 달라고 할 수는 없었다.

"아닙니다. 스님이 제 말을 믿어 주신 것만으로도 고마우니
청자 값은 안 주셔도 됩니다. 아버지의 청자가 제 눈 앞에 있는
것만으로도 저는 감사합니다. 그저 자주 와서 구경이나 하겠습
니다."

"허어, 이치가 그렇지 않다. 치손이 놈한테 준 돈을 돌려받아
너한테 주면 되니 걱정할 것 없다. 근데 손은 아직도 안 나은 거
냐?"

강뫼는 얼른 오른손을 등 뒤로 감추었다. 검지와 중지를 천
으로 칭칭 감고 있으니 스님 눈에 띈 모양이었다.

"아, 아닙니다."

"쯧쯧, 사기장이란 놈 손이 그래 가지고서야. 눈발이 심상찮
다. 더 굵어지기 전에 내려가 봐라."

"예, 알겠습니다."

스님에게 합장 반배한 뒤 강뫼는 절 마당을 빠져 나왔다. 저
고리 앞자락에 여며둔 정병 사금파리들이 아랫배를 사뭇 콕콕
찔러댔다. 강뫼는 한편으론 아프고, 한편으론 기뻤다. 귀하고도
귀한 정병을 깨뜨린 건 너무도 가슴 아팠지만, 몽땅 잃어버렸다
고 생각했던 아버지의 청자를 원 없이 보게 됐다는 기쁨은 이루
말할 수 없었다.

치손이 붉으락푸르락한 얼굴로 강뫼의 작업장을 찾아온 건

그날 저녁이었다. 강뫼는 동학사 대웅전에서 깨뜨린 정병 사금 파리를 하나하나 이어 붙이고 있었다. 다행히도 정병이 아주 산 산조각 난 건 아니었다. 스님에게 야단맞는 와중에도 사금파리 한 조각도 놓치지 않고 다 주워 온 게 용하다 싶을 정도였다.

뻣뻣한 오른손 검지와 중지 때문에 손길이 엇나가 사금파리 를 이어붙이는 건 좀체 쉽지 않았다. 그래도 강뫼는 오직 원래 모습으로 만들어야 한다는 생각 하나만으로 온 정신을 청자 정 병에 쏟고 있었다.

그러느라 강뫼는 치손이 들어온 것도 모르다가 멱살을 잡힌 뒤에야 고개를 번쩍 들었다. 치손이 콧김을 내뿜으며 씩씩거렸 다.

"네놈이지? 운봉 스님한테 비겁하게 고자질한 게? 오, 역시 맞구먼, 이 정병을 보니까."

"비겁하게 고자질? 방귀 뀐 놈이 성 낸다더니, 네놈이 바로 그 꼴이구먼."

"그럼 고자질이 아니고 뭐냐? 네놈만 아니었으면 그 청자가 내 청자가 아니란 걸 운봉 스님이 어찌 알았겠냐고. 여기서 터 좀 잡고 살려 했는데, 네놈 때문에 쫓겨나게 생겼으니 책임져 라."

강뫼는 기가 막혀 왼손을 꽉 쥐고 치손에게 달려들었다

"이 새끼! 아버지가 하늘에서 내려다보신다! 비밀이 영원할 줄 알았냐?"

하지만 왼손만으로는 치손을 제압할 수 없었다. 강뫼는 치손 을 패주는 대신 도리어 흠씬 맞고 말았다. 바닥에 널브러진 강뇌를 향해 치손이 말했다.

"내가 이대로 물러설 줄 아느냐! 단비는 북쇠 놈한테 뺏겼지만, 그릇 일만은 너한텐 안 뺏긴다. 인마, 넌 나보다 솜씨가 한참 뒤지는 놈이라고!"

강뇌는 가까스로 몸을 일으킨 채 치손에게 소리쳤다.

"내가 너한테 질 줄 아느냐? 두고 보라고!"

16. 새 도읍지

해토머리가 되었다. 겨우내 산을 덮었던 흰 눈이 하나 둘 자취를 감췄다. 꽝꽝 얼었던 땅도 봄 햇살과 봄비에 스르르 녹기 시작했다. 아침저녁 부는 바람에도 맵찬 기운이 가시고, 한낮엔 훈훈한 기운이 계룡산 계곡과 마을을 돌아다녔다.

마을에선 집집마다 입춘첩을 붙였다. 강쇠네 집 사립문과 툇마루 대들보에도 운봉 스님이 써 준 큼지막한 입춘첩이 나붙었다. 입춘날엔 농악대가 마을 곳곳을 돌며 한바탕 풍물놀이를 벌였다. 새 왕조가 들어선 뒤 처음으로 맞는 입춘이라 풍물놀이도 한결 새롭고 신명이 났다.

강쇠는 벌써 며칠째 흙 지게를 지고 새벽 산을 탔다. 새 그릇을 빚을 흙을 퍼오기 위해서였다. 검동과 풍이도 따라 나서려 했지만 강쇠는 굳이 못 오게 했다. 이번에 빚는 그릇만큼은 손수 새 흙을 퍼서 빚고 싶었다.

143

치손의 사기 행각을 밝힌 것은 강뫼에겐 커다란 수확이었다. 운봉 스님은 강뫼에게 품었던 꽁한 마음을 푸는 것은 물론, 다친 오른손까지 낫게 해 주었다. 대웅전 법당 안에서 아버지의 청자를 확인했던 설날, 강뫼의 손이 아직 다 낫지 않은 걸 알고 약재에 밝은 스님에게서 좋은 약을 구해다 준 것이었다. 청주목에 있는 큰절의 주지스님이라고 했다.

운봉 스님이 구해 온 약은 달여 먹는 약과 바르는 약 두 가지였는데, 용하기가 이루 말할 수 없었다. 먹고 바른 지 이레가 채 못 되어 강뫼는 예전처럼 오른손 검지와 중지를 예전처럼 자유롭게 쓸 수 있게 되었다. 그것만으로도 감지덕지할 판이었는데, 운봉 스님은 초파일에 쓸 청자 주문까지 받아다 주었다.

"그 스님과는 내가 아주 막역하니라. 다른 가마에 주문하겠다는 걸 내가 억지로 뜯어말리고 받아 온 것이다. 네놈한테 기회를 주려고 말이다. 손가락까지 낫게 해 준 스님이니, 차질 없이 잘 만들어야 한다."

운봉 스님은 강뫼에게 몇 번이나 다짐을 놓았다.

'이번 일만큼은 꼭 잘 마쳐서 운봉 스님을 기쁘게 해 드리고, 또 내 손가락을 낫게 해 주신 스님에게도 보답을 하자.'

강뫼는 이렇게 마음먹고 겨우내 상감청자며 유약 만드는 연습을 했다. 틈나는 대로 동학사에 들러 아버지의 청자도 눈여겨보고 꼬마 청자도 종종 꺼내 보면서.

집을 나설 땐 사위가 어둑어둑했건만 어느새 희붐하게 동이 트기 시작했다. 산길엔 뿌연 안개가 자욱이 깔리고 웃자란 나뭇가지들에선 이슬방울이 툭툭 떨어졌다. 강뫼는 좋은 흙을 찾을 생각에 등짝이 이슬에 젖는 것도 모르고 산길을 누볐다.

마침내 고운 흙이 한 무더기 모여 있는 곳을 찾아냈다. 강뫼는 흙을 한 삽 퍼낸 뒤 손에 살짝 쥐어 보았다. 섬뜩할 정도로 차가웠지만 부드럽고 고운 감촉이 손끝에 그대로 느껴졌다.

'이 정도면 되겠다. 이 흙이면 좋은 청자를 빚을 수 있겠어.'

강뫼는 한 삽 한 삽 흙을 푸기 시작했다. 이마에 굵은 땀방울이 맺힐 때쯤 지게 가득 생흙이 수북이 담겼다. 흙 지게를 멘 채 산길을 내려와 작업장 옆 땅두멍에 흙을 쌓았다. 일할 땐 미처 몰랐는데, 곱디고운 생흙이 땅두멍에 가득 쌓인 걸 보자 비로소 배가 고파왔다.

마을 어귀에 들어서자 밥 끓이는 구수한 냄새가 코끝을 스쳤다. 밥 냄새를 맡은 탓인지, 배 속이 저절로 꼬르륵거렸다. 강뫼는 집으로 가는 발걸음을 재촉했다.

집에는 아침부터 말단 향리가 와 있었다. 강뫼는 조금 전까지만 해도 좋았던 기분이 금세 나빠졌다. 좋은 일로는 절대 들르지 않는 사람이기 때문이었다. 언뜻 짚이는 구석도 있었다. 아니나 다를까, 근심스러운 얼굴로 서 있던 어머니가 반갑지 않은 이야기를 전했다.

"어쩌면 좋니? 신도안 도성 공사에 부역 나가야 한다는구나."

어느 정도 짐작하긴 했어도 강뫼는 맥이 탁 풀렸다. 신도안은 계룡산 남쪽 기슭 일대인데 새해 2월 새 왕조 조선의 도읍지로 결정된 곳이었다. 이미 새 나라님이 계룡산에 친히 행차해 신도안의 너른 뜰을 살펴보고 도성 건설 공사를 명령하고 갔다는 걸 강뫼도 알고 있었다.

사람들은 수군거렸다. 새 나라님이 굳이 개경이 아닌 다른 곳을 새 도읍지로 삼으려는 것에 대해.

"고려 왕 씨의 자취가 남아 있는 터에서 새 왕조를 꾸려 가고 싶겠나. 개경은 신하가 임금을 폐하는 망국의 터라는 얘기도 있다네. 틀린 말은 아니지. 새 나라님이 고려의 마지막 나라님을 폐한 꼴이지 않은가?"

"새 왕조를 어디 평화롭게 세웠어야 말이지. 개경 땅에서 한바탕 피비린내를 풍긴 후에 세운 왕조이니 그곳에 거처한들 마음이 편하겠는가?"

계룡산은 일찍이 신라 오악 중 서악에 해당되던 명산이자 산세가 좋기로 유명한 최고의 명당이었다. 더구나 이른바 '산태극 수태극', 즉 산과 물길이 남쪽 기슭 신도안을 바람개비 돌듯 태극모양으로 감싸 도는 형세라고 했다. 이런 까닭에 신도안은 늘 천하의 길지로 꼽혀왔고, 이런 연유로 새 도읍지로 결정된 것이었다.

계룡산 기슭엔 어느 날부터인가 새 도성을 건설하기 위한 힘찬 삽질 소리가 들려오기 시작했다. 얼마 전부터는 공사장에 전국 각지의 백성들이 부역꾼으로 동원되었다. 성벽도 쌓고 궁궐도 지어야 하니 당연히 많은 일손이 필요했다.

안 그래도 강뫼는 신도안 도성 공역에 부역꾼으로 끌려갈까 봐 내심 걱정하고 있었다. 백성이라면 마땅히 나라의 부름에 임해야 하지만 이번만큼은 어떻게든 피해 가고 싶었다. 한번 부역을 나가면 언제 돌아올지 모르는데, 그렇게 되면 청주목 큰 절에서 받은 그릇 주문을 해낼 수 없기 때문이었다. 부역꾼으로 일하는 사이 그릇 빚는 손이 무뎌질 것도 뻔했다. 부역꾼은 먹여 주고 재워 주는 것 외엔 품삯도 없어 그 사이 식구들이 무얼 먹고 살지도 걱정이었다. 강뫼는 일단 사정부터 해 보았다.

"전 청자 빚고 굽는 사기장입니다. 성벽 쌓고 궁궐 짓는 일은 해 본 적이 없는데 어찌 한단 말입니까? 저는 빼 주십시오."

말단 향리가 동원장을 흔들며 쇳소리를 버럭 내질렀다.

"누군 성벽 쌓고 궁궐 짓는 일을 해 보았더냐? 딴 사람도 다 마찬가지다. 동원장에 네놈 이름이 똑똑히 적혀 있는데 무슨 수로 빼 준단 말이냐? 부역을 기피하면 모가지가 댕강 날아가는 걸 모르진 않겠지?"

마른하늘에 웬 날벼락인가 싶었다. 부역 나가는 게 싫고 겁나는 게 아니라 어렵사리 얻은 좋은 기회를 또다시 놓쳐야 한다는 사실이 억울했다. 혹시나 속사정을 말하면 통하지 않을까 싶어 강뫼는 재차 애원했다.

"나리, 큰 절에서 청자 주문을 새로 받았답니다. 동학사 운봉 스님이 받아다 주신 일이라 꼭 해야 합지요."

"이놈아, 세상 돌아가는 사정도 모르고 웬 설레발이냐? 고려 왕조에서는 중놈 말이 먹혔는지 몰라도 조선 왕조에서는 아니 그렇다. 감히 나라의 명을 거역하고 중놈 말을 따르겠다고?"

향리의 표정은 당장이라도 달려들어 얼굴을 후려칠 듯했다. 강뫼는 몸이 바짝 움츠러들었다. 곁에 섰던 어머니도 옆 사람이 눈치 챌 정도로 커다란 한숨을 폭 내쉬었다.

향리가 아까보단 한결 말투를 누그러뜨렸다.

"큰 절에서 받은 주문 어쩌고 한 것은 네가 요즘 돌아가는 사정을 몰라서 한 말일 테니 덮어 주마. 우리 계룡산 자락에 새 도읍지가 들어선다니 얼마나 좋은 일이냐. 이 좋은 일에 몸 사리지 말고 달려들어야지, 암."

한 번은 어르고, 한 번은 달래는 꼴이었다. 강쇠는 그의 속셈을 알고도 남았다. 동원해야 할 부역꾼 머릿수가 정해져 있으니 그걸 못 채울까 봐 몸이 달아 저러는 것이었다.

아무리 해도 부역을 피할 길은 없을 듯했다. 가까스로 손도 낮고 제법 욕심나는 주문도 받았는데, 또다시 그릇 빚는 일을 접어야 한다고 생각하니 강쇠는 온몸에서 힘이 쑥 빠졌다. 그때 설핏 한 가지 생각이 스쳐 지나갔다.

'내가 나가면 매형은 안 나가도 되겠지? 한 집에서 두 사람을 부역꾼으로 빼지는 않을 거 아닌가. 할 수 없다. 이번 주문은 매형과 검동, 풍이에게 맡겨야겠다. 스님도 이해해 주시겠지.'

강쇠는 자신의 생각을 확인했다.

"제가 부역꾼으로 나가면 우리 매형은 안 나가도 되지요?"

웬걸, 이번엔 단비가 힘없는 목소리로 대답했다.

"아니야, 네 매형도 함께 나가게 됐단다."

강쇠의 목소리가 대번에 툭 불거졌다.

"이런 법이 어디 있습니까? 한 집에서 두 명이나 나가면 뭘 먹고 살라고요."

"어째서 너하고 북쇠가 한집 사람이냐? 북쇠가 네 누나한테 장가들어 잠깐 함께 산다 뿐이지 엄연히 두 집 아니더냐? 잔말 말고 이레 후 이른 사시에 신도안 공사장으로 나오너라."

향리는 한껏 씩씩거리고는 그대로 돌아가 버렸다.

그날 저녁 밥상맡에서 강뫼는 겨우 몇 숟갈밖엔 뜨지 못했다. 아무리 생각해도 부역을 나가야 한다는 게 너무 속상했다. 하지만 북쇠는 예의 싱글벙글 사람 좋은 웃음을 지었다.

"어차피 해야 할 일이면 즐겁게 하자고. 피할 수 있는 일이 아니잖은가. 부역 마치고 와서 그때 다시 잘해 보자고."

"매형은! 청자 주문 받은 걸 또 못 하게 됐는데 그런 말이 나와요? 좋은 기회를 또 놓치게 생겼는데!"

"그럼 어쩌는가? 어쩔 수 없는 일이니 받아들여야지."

"매형은 참 속도 좋아. 우리 둘 다 가 버리면 식구들은 무얼 먹고 살아요? 사기전에 그릇도 얼마 없는데."

"그건 너무 걱정 마. 어머니와 내가 부지런히 자수 놓아 팔고 바느질하면 밥은 안 굶는다. 시어머님 걱정도 마세요. 제가 아침저녁으로 들여다보며 어머님 끼니며 이부자리 다 살펴드릴 거니까요."

단비가 거들자, 어머니도 한마디했다.

"그래, 매형과 누나 말대로 해 . 그냥 물 흐르듯이 살려무나. 안 그럼 울화병 나서 너만 고생하느니라."

이러구러 부역 나가는 날이 하루 앞으로 다가왔다. 강뫼는 검동과 풍이에게 가마와 작업장을 잘 돌봐 달라고 단단히 이른 뒤 간단히 짐을 꾸렸다.

노모에게 하직 인사를 갔던 북쇠가 기막힌 소식을 갖고 온 건 저녁 무렵이었다.

"치손이 놈이 수작을 부린 것 같아."

강쇠의 목소리가 저절로 높아졌다.

"그게 무슨 말이에요?"

"운봉 스님을 길에서 만났는데 그런 말을 하시더라고. 청주 목 스님한테 면목이 없어 우리 둘 중 하나라도 부역꾼 명단에서 빼보려고 관아에 슬쩍 알아 보셨다더구나. 그랬더니 글쎄 원래 명단에는 치손이 놈이 있고 너는 없었는데, 그놈 이름이 빠지고 네 이름이 들어가 있더라는 게야. 내 이름이야 원래부터 있었고."

"아니, 부역꾼 명단을 어떻게 함부로 바꿔요!"

"곡식이든 값나가는 물건이든 향리한테 스리슬쩍 쥐여 주면 장군이 나갈 부역이 멍군이 차지로 된다지 뭔가. 스님도 그래서 알아보셨을 테고."

강쇠는 자리에서 벌떡 일어났다.

"어딜 가려고?"

"그놈이 뭔 수작을 벌였는지 알아내야지요."

"알아낸들 어쩌려고? 부역꾼 명단에서 처남 이름을 뺄 수도 없을 텐데."

"부역 갈 때 가더라도 그놈 낯짝이나 보고 가려고요."

강쇠는 댓바람에 치손의 집으로 달려갔다. 치손은 툇마루 끝에 앉아 마루기둥에 머리를 박은 채 침까지 질질 흘리며 졸고 있었다.

치손의 얼굴을 보자 강쇠는 참았던 부아가 치밀어 올랐다.

"야, 너는 지금 잠이 오느냐?"

치손이 화들짝 놀라 몸을 일으켰다. 주먹을 아끼느라 애를

써서인지 강뫼의 목소리가 바르르 떨렸다.

"무슨 수작을 벌였는지 말해! 어째서 네 이름을 빼고 내 이름을 넣었는지!"

그제야 치손은 강뫼를 알아보고 비열한 웃음을 흘렸다.

"뭔 소리야?"

"몰라서 물어? 부역꾼 명단에 있던 네 이름을 빼돌리고 왜 내 이름을 집어넣었냐고?"

"아, 그거? 뽀록난 김에 까짓것 내 다 털어놓지. 나한테 어르신 청자가 몇 점 더 있었다. 그래서 그걸 관아에 갖다 주고 내 이름을 뺐다, 왜!"

"뭐? 접때 운봉 스님한테 판 거 말고는 우리 아버지 청자 더는 없다고 했잖아."

"내가 너한테 꼭 바른대로 고해야 하냐? 요긴하게 쓸 데가 있을 것 같아 몇 점 더 감춰 놨지. 그런데 부역꾼 명단에 내 이름이 있으니 어떻게 하냐? 나도 그릇 빚어 먹고 살아야 하는데 부역꾼으로 끌려가면 언제 돌아올지 몰라서 수 좀 썼다."

강뫼는 화가 나는 한편 자신이 한심스러웠다. 그렇게 당하고도 아버지의 청자가 치손에게 더 있을지도 모른다는 생각조차 하지 않은 자신이…….

"네놈 이름은 그렇게 빠졌다 치고, 내 이름은 왜 들어간 게냐? 응?"

"내 이름을 뺄 수는 있는데 그 자리에 대신 집어넣을 사람이 없다고 하더라. 그래서 네 이름을 댔지."

가슴속 불덩이가 활활 타올라 온몸을 태워 버릴 것만 같았다. 강뫼는 주먹을 불끈 쥔 채 이글이글 타는 눈으로 치손을 노려보았다.

"짐승만도 못한 놈! 아버지한테 입은 은혜를 갚아도 시원찮을 마당에!"

하지만 딱 거기까지였다. 강뫼는 더는 치손과 말조차 섞고 싶지 않았다. 강뫼는 뒤돌아서며 다짐했다.

'두고 봐. 내가 네놈을 어떻게 이길지. 지금은 내가 부역에 끌려 나가지만, 돌아와서는 네놈 코를 납작하게 해 줄 테니까!'

17. 적과의 재회

신도안 공사장에 온 지도 벌써 여섯 달째로 접어들었다. 공사장선 지난 늦봄 농사철에 부역꾼들을 한차례 집으로 돌려보냈다. 그러나 강쇠와 북쇠처럼 농군이 아닌 이들은 계속 남아 일손을 보태야 했다. 그래도 여름 더위가 한창일 때는 한 달 가량 공사를 쉬어 강쇠도 북쇠와 함께 잠깐 집에 다녀올 수 있었다. 그릇을 빚고 올 정도로 날수가 넉넉했던 것은 아니라서 그저 더위를 피했다 온 정도였다.

북쇠는 공사장에 처음 왔을 때만 해도 은근히 마음을 졸이는 듯했다. 치손이 있는 계룡산 기슭에 단비를 두고 왔으니 그럴 법도 했다. 하지만 여름 더위 때 집에 다녀온 뒤에는 한결 마음을 놓은 눈치였다. 그 사이 치손이 단비에게 집적거린 일이 없다는 게 확인됐기 때문이다. 더구나 단비는 아이까지 가지고 있었다. 새해 정월이면 아버지가 된다는 기대감에 북쇠는 마냥 부풀어 있었다.

강뫼는 처음 공사장에 왔을 때나 몇 달 지난 지금이나 울화
병이 여전했다. 집에 다녀온 뒤에는 더욱 그러했다. 몇 달 사이
사기장으로서의 치손의 위치가 부쩍 올라간 탓이었다. 치손은
강뫼네 가마에서 그리 멀지 않은 곳에 새 가마까지 지었다. 운
봉 스님 눈에 나서 동학사 일은 못 받지만 인근 다른 절에선 주
문을 곧잘 받는 모양이었다. 뿐만 아니라 서원이나 사대부가의
주문도 제법 많이 맡았다는 풍문이었다.

치손이 계룡산 기슭의 으뜸 사기장으로 올라서는 건 시간문
제일 것만 같아 강뫼는 여간 불안한 게 아니었다.

'우리가 여기 있는 동안 그놈이 계룡산 그릇을 다 말아먹게
생겼어. 우린 언제 돌아갈지도 모르는데.'

강뫼는 하루하루가 답답했다. 울화병에 덧붙여 갑갑증이 생
기고 흙과 그릇 생각에 손까지 근질근질했다.

무더위 때문에 잠시 주춤했던 공사가 서늘바람이 불자 다시
시작되었다. 방방곡곡의 수령들은 부역꾼을 모아 신도안으로
보냈다. 하나 둘 늘기 시작한 일꾼들은 가을걷이가 끝나자 떼로
모여들었다. 심지어 스님들까지 부역꾼으로 동원되었다. 그동
안이 새 도읍지의 기초를 닦거나 준비하는 단계였다면, 이제부
턴 도성 공사가 본격적으로 시작되는 셈이라 일꾼이 부쩍 필요
하게 된 까닭이었다. 그러나 스님들까지 부역꾼으로 동원된 것
을 보고 강뫼는 마음이 무척이나 씁쓸했다.

부역꾼들은 성벽 쌓기와 대궐 짓기 등 두 곳으로 나뉘어 배
치되었다. 강뫼와 북쇠는 둘 다 대궐터에서 돌 다듬는 일을 하

게 되었다. 흙을 만지던 사람이 쇠로 만든 메나 정을 들고 돌을 쪼개고 다듬는 건 참으로 고역이었다. 하지만 숨줄을 놓지 않는 한 주어진 일을 마다할 수 없는 게 천한 백성의 처지였다. 손가락마다 물집이 생겨 쓰라린 진물이 나와도 삼베 천으로 질끈 동여매고 통증을 참으며 일할 수밖에 없었다.

간밤 빗소리에 잠을 설쳐 늦잠을 잔 강뫼는 여느 때보다 조금 늦게 숙소에서 나왔다. 대궐터는 벌써부터 부역꾼들로 북적이고 있었다.

늦어도 너무 많이 늦은 것 같았다. 해는 벌써 중천 가까이 떠올랐고 부역꾼들은 너도나도 바삐 움직이고 있었다. 돌과 목재를 운반하는 사람, 터를 다지고 삽질하는 사람, 징으로 돌을 다듬는 사람…… 공사장은 온갖 소리로 시끌벅적했다.

'많이 늦었나 보네. 매형이 잘 말해 놓았으려나?'

멀지 않은 곳에 북쇠의 모습이 보였다. 강뫼는 발걸음을 재촉했다.

시월 초라고는 해도 볕은 아직 따갑기만 했다. 게다가 일터는 나무 그늘이라곤 하나 없이 내리쬐는 볕을 고스란히 받아야 하는 곳이었다. 부역꾼들은 너나없이 헉헉거리며 땀을 흠뻑 흘렸다.

"천막이라도 쳐주면 좀 좋아? 새 궁궐 짓는데 이리 인심이 팍팍해서야 원."

"그러게. 우리 얼굴 좀 보게. 숯검정 잔뜩 뒤집어쓴 꼴이라니까."

부역꾼들의 불평을 들으며 강뫼는 북쇠에게로 갔다. 채석장에서 옮겨 온 커다란 돌을 쇠메로 내리치며 다듬느라, 북쇠는 강뫼가 옆에 와 선 것도 알아채지 못했다. 연장통에서 도드락망치를 꺼내며 강뫼가 말을 걸었다.

"저 왔어요."

그제야 북쇠는 머릿수건을 풀어 이마에 숭굴숭굴 맺힌 땀을 닦았다.

"오늘따라 땡볕이 극성이네. 살갗이 지글지글 타는 것 같구먼."

"감독관이 뭐라 안 해요?"

"왜 안 하겠어. 그래서 내가 일부러 버럭 화를 내고 박박 우겨 댔지. 아픈 사람 일 시키다가 죽기라도 하면 책임질 거냐고. 그러니 오늘은 대충대충 일하면서 아픈 티를 팍팍 내야 하네."

"알았어요, 매형."

강뫼는 머릿수건을 질끈 동여매고 일할 채비를 했다. 그때 누군가 저벅저벅 걸어와 두 사람 앞에 섰다.

"그동안 잘 지냈나?"

익숙한 목소리에 강뫼는 고개를 번쩍 들었다. 치손이었다. 순간 어안이 벙벙해지며 머릿속이 하얘졌다.

'저자가 지금 왜 여기에 있지? 어떻게 온 거지?'

강뫼가 멍하니 있는데 북쇠가 먼저 알은체를 했다.

"자네가 웬일인가? 부역꾼으로 끌려 나온 걸 보니 뇌물 약발이 다 떨어졌나 보지?"

"부역꾼이라니! 난 십장이라네 십장. 자네들과는 달리 어엿한 품삯을 받는 십장이라고."

치손이 다리를 건들대며 거들먹거리자 북쇠가 낯을 잔뜩 찌푸렸다.

"사기장이 웬 십장? 청자 주문 밀렸다는 소문이 짜하더구먼."

"주문은 많이 밀렸지. 그럼 뭐 하나? 다 빛 좋은 개살구인걸."

북쇠가 뭔 소리냐는 듯 치손을 올려다봤다.

"요즘 스님들 사정이 예전 같은 줄 아나? 주머니가 텅텅 비어설랑 주문만 하고 그릇 값도 제때 안 준다네. 사대부들은 또 오죽하고. 기껏 애써서 청자를 만들어 주면 색깔이 탁하네, 상감이 형편없네 하면서 번번이 퇴짜를 놓지 않나."

강뫼는 치손의 말을 귓등으로 들으며 도드락망치만 만지작거렸다. 치손이 여전히 다리를 건들거리며 덧붙였다.

"그러니 어디 그릇 만들 재미가 나야 말이지. 때마침 관아에서 십장을 두어 명 구한다기에 냉큼 지원했지. 근데 이걸 어쩌나? 우연찮게 자네들 일을 감독하게 되었지 뭔가."

강뫼는 대뜸 화가 치밀어 올랐다.

'똑같이 그릇 만드는 처지에 누구는 부역꾼이고, 누구는 십장이라고? 보나마나 또 무슨 꿍꿍이수작을 부린 게야. 저놈 밑에서 일해야 한다니!'

강뫼의 속을 들여다본 듯 치손이 말을 덧붙였다.

"난들 자네들 감독을 하고 싶겠나? 하필 돌 다듬는 일터의 십장 자리가 비었다니 어쩌는가. 걱정일랑 말게. 아무렴 내가 고향 아우며, 한때 진한 연정 나눈 계집의 서방님을 심하게야 다루겠나. 사정 봐가며 살살 다룰 테니 염려 놓게나."

치손은 제멋대로 지껄이곤 다른 곳으로 가 버렸다.

"에잇, 재수 없어서!"

강뫼는 도드락망치를 확 던져 버렸다. 외나무다리에서 원수를 만난 격이었다.

"악연도 보통 악연이 아니구먼. 저 인간은 어째 저리 자네 주위를 뱅뱅 돌며 괴롭히는지, 원!"

북쇠가 망치를 집어주며 혀를 찼다.

18. 그의 마지막

하루 일과를 마치고 신털이봉에서 신에 묻은 흙을 털고 있을 때였다. 갑자기 대궐 터 쪽에서 와자한 소리와 함께 날카로운 비명이 울려 퍼졌다.

"무슨 일이지?"

허리를 쭉 펴며 북쇠가 말했다.

"부역꾼들끼리 쌈질하나 보죠 뭐. 아님 누가 도망가다가 잡혔거나."

강쇠는 시큰둥하게 대꾸했다.

요즘 들어 신도안 도성 공사장은 부쩍 시끄러웠다. 일은 갈수록 고되어지는데 날씨는 춥고, 십장들은 전보다 더 호되게 부역꾼들을 부리기 때문이었다. 그러다 보니 부역꾼과 부역꾼, 부역꾼과 십장, 십장과 십장, 십장과 감독관 사이에 큰 소리가 오가고 하루가 멀다하게 싸움이 일어나곤 했다. 도망자는 붙잡아

극형에 처한다는 경고에도 아랑곳 않고 중노동을 못 견뎌 도망치는 부역꾼들도 날로 늘어났다.

치손 역시 최근 들어 부역꾼들을 꽤나 닦달하며 몰아붙였다. 부역꾼들이 추위를 핑계로 일을 더디 하며 몸을 사리자, 그 꼴을 못 봐 그러는 것이었다. 감독관이 개경으로 출장을 간 틈을 타 더 설쳐 대는 것 같기도 했다. 강뢰는 치손에게 혹시나 싫은 말을 들을까 봐 이를 악물고 일했다. 그런데 치손의 태도가 이상했다. 다른 부역꾼들에 비해 강뢰와 북쇠를 심하게 부릴 줄 알았는데, 외려 틈틈이 쉴 틈을 주거나 느슨히 다루는 것이었다. 강뢰는 고맙기는커녕 또 무슨 꿍꿍이수작을 하나 싶어 마음이 불안하기만 했다.

어쨌거나 강뢰는 최근 툭하면 벌어지는 일이려니 해서 대궐터 쪽의 소란에 관심이 없었다. 무엇보다도 몸이 말이 아니었다. 겨울 어귀라기엔 한겨울에 맞먹게 날씨가 차서, 종일토록 바깥일을 한 몸은 꽁꽁 얼어붙어 있었다. 엊그제부턴 온몸 뼛속까지 욱신거리며 몸살기마저 도는 듯했다. 어서 숙소로 돌아가 따끈한 국밥 한 그릇 먹고, 뜨뜻한 구들에 몸을 지지고만 싶었다. 그러려면 다른 부역꾼들이 몰려오기 전에 일찌감치 가서 자리를 잡아야 했다.

"매형, 어서 가요. 몸이 부대껴 죽겠어요."

북쇠도 입을 쑥 내밀고 툴툴거렸다.

"참나, 날씨가 이리 추워지면 당분간 공사를 중단해야 하는 거 아닌가? 온몸이 꽁꽁 얼어붙는데 무슨 일을 하라고. 치손이 그놈도 어찌 그리 매정한지. 감독관이 없으니 제 세상인 줄 알고 더 난리를 치네."

"그러게요. 어제 오늘 유난히 더 모질게 구네요. 부역꾼들이 이를 박박 갈더라고요."

치손은 그동안에도 다른 십장에 비해 좀 가혹한 구석이 있었다. 병에 걸리거나 다친 사람들도 꾀병이라며 사정 봐주지 않고, 일을 안 하면 밥을 굶기는 것도 예사였다. 그래서 대궐 터의 십장 중 악명 높은 십장 몇 손가락 안에 꼽히곤 했다.

강뫼와 북쇠가 발길을 서두르는데, 대궐 터 쪽에서 아까보다 더 큰 고함소리와 함께 소름 끼치는 비명이 들려왔다. 강뫼와 북쇠는 누가 먼저랄 것 없이 대궐 터 쪽으로 내달렸다.

난장판과 아수라장이 따로 없었다. 부역꾼들의 성난 목소리가 초겨울 하늘을 갈랐다.

"죽여라, 죽여! 저런 놈은 죽여 마땅하다!"

"십장이 뭐라고 유세를 부려! 쳐 죽일 놈!"

"당장 목숨 줄을 끊어라! 갈기갈기 찢어 죽여도 시원찮다!"

강뫼는 퍼뜩 집히는 느낌에 부역꾼들을 헤치고 앞으로 나아갔다. 심장이 마구 쿵쾅거렸다. 북쇠도 허둥지둥 강뫼 뒤를 따랐다.

부역꾼들이 죽 늘어서 있는 안쪽으로 들어가자 피비린내가 확 풍겨 왔다. 피투성이에 만신창이가 된 누군가 저만치에 처참하게 널브러져 있었다. 살기등등한 모습으로 삽과 나무봉, 돌멩이 따위를 움켜쥔 부역꾼들은 계속해서 그를 폭행하고 있었다.

강뫼는 좀 더 앞으로 걸어 나갔다. 허공을 걷는 듯 발걸음이 허우적거렸다. 이윽고 만신창이가 된 사람의 모습이 눈에 똑똑히 들어왔다. 불길한 예감 그대로, 참혹하게 널브러진 사람은 치손이었다. 눈두덩이 심하게 부풀어 오르고 얼굴은 온통 깨져 피멍이 들었지만, 강뫼는 그를 알아볼 수 있었다. 얼마나 심하게 당했는지 입에선 붉은 핏물이 흘러나오고 온몸은 상처투성이였다. 오른쪽 무릎 아래는 아예 살점이 툭 떨어져 나가 허연 뼈가 핏물에 물들고 있었다.

강뫼는 저도 모르게 몸을 낮추고 치손을 향해 손을 뻗었다. 그를 구해 줘야 한다는 생각뿐이었다.

"미쳤어? 같이 죽고 싶어?"

북쇠가 벌컥 화를 내며 강뫼를 질질 끌고 나왔다. 사건 현장에서 멀찌감치 떨어진 나무까지 왔을 때에야 북쇠는 강뫼를 잡은 손을 놓았다.

강뫼는 나무 뒤에 선 채 대궐터의 광경을 숨죽여 지켜보았다. 그를 저렇게 죽게 해서는 안 될 것 같았다. 비록 원수 같은 존재였지만 치손을 저렇게 허망하게 죽게 해선 안 될 것만 같았다. 그러나 강뫼는 치손을 위해 아무것도 할 수 없었다.

햇발이 거의 사그라져 겨울 하늘에 노을이 물들 무렵에야 부역꾼들은 치손을 팽개친 채 돌아가 버렸다.

강뫼는 북쇠와 함께 치손에게 달려갔다. 저녁노을에 비친 치손의 모습은 말할 수 없이 처참했다. 그래도 아직 숨줄은 끊기지 않아, 가슴 한쪽이 거칠게 오르락내리락했다.

"치손이 형!"

강뫼는 치손을 흔들었다. 피멍이 들어 잔뜩 부푼 눈꺼풀이 바르르 떨렸다.

"정신 좀 차려 봐요!"

강뫼가 또다시 소리치자 치손이 팔을 허우적거렸다. 강뫼는 치손의 손을 덥석 잡아 쥐었다.

치손이 피투성이가 된 입술을 가까스로 떼었다.

"가, 강뫼구나…… 미, 미안하다. 너, 너한테도, 다, 단비한 테도……. 내, 내가 너희한테…… 저, 정말 잘못……."

강뫼는 가슴이 먹먹해서 아무 말도 할 수 없었다.

"내, 내가 왜 그리 모, 몹쓸…… 짓을 했는지…… 미, 미안 하다……. 어, 어르신 청자가 하, 한 점 더 있어. 우, 우리 집 에……. 그게 마, 마지막……."

그러고서 치손은 고개를 모로 떨어뜨리고 말았다.

강뫼는 치손의 손을 잡은 채 울음을 삼켰다.

북쇠가 휑하니 자리를 뜨더니 어디선가 가마니 여러 장을 구해 왔다. 강뫼는 입술을 꽉 깨문 채 북쇠를 도와 치손의 시신을 가마니로 쌌다.

둘은 언덕배기의 언 땅을 파고 치손을 묻었다. 움푹 팬 구덩이에 치손의 시신을 넣고 차가운 흙을 뿌릴 때 강뫼는 기어이 굵은 눈물을 흘리고 말았다. 이해할 수 없었다, 강뫼는. 그토록 독한 악연이었는데 치손의 죽음을 아파하고 슬퍼하는 자기 자신을.

치손을 묻고 돌아오는 길에 둘은 주막에 들렀다. 강뫼는 마시지도 못하는 술을 사발째 들이부었다.

"매형, 왜 내가 이렇게 아프고 허탈하지요? 그렇게 미워하던 자가 죽었는데."

목울음 잔뜩 섞인 강뫼의 말에 북쇠가 고개를 끄덕였다.

"나도 그러한데 처남은 오죽하겠나. 악연도 인연이기에 그런 모양이네. 그래도 우리가 묻어 주었잖아. 자네랑 나는 할 도리를 다했어."

"우리가 부역꾼들을 뜯어말렸으면 죽진 않았을 거예요."

"부역꾼들 표정을 보고서도 그런 소리를 하는가? 치손이 역성을 들었으면 한 패로 몰려 우리도 살아남지 못했을 거야."

"왜 그리 우리 식구한테 모질게 굴었을까요? 그래도 여기선 다른 부역꾼들보다 잘해 주면 잘해 줬지, 심하게 다루지 않았으니 그것도 참 이상해요."

"그러게. 나도 그 자한테 고마운 게 있네. 사실 그 자가 떠났기에 내가 자네 누나를 만날 수 있지 않았나? 계룡산 기슭으로 온 뒤에도 처음에 행패를 부린 뒤론 더는 괴롭히지 않았고……. 그것만 보아도 치손이 그 사람이, 근본 성정이 아주 몹쓸 사람은 아니었던 것도 같아."

강뫼는 그저 빨리 잊고 싶었다. 치손, 그와의 악연을.

그로부터 한 달 뒤였다. 대궐 터 앞마당으로 부역꾼들이 하나 둘 모여들었다.

"또 무슨 영을 내리려고 모이라고 했을까? 보나마나 공사 일정을 앞당기라는 둥, 더 열심히 일하라는 둥 잔소리나 하겠지?"

"뻔하지 뭐. 이렇게 부림을 당하다간 다시는 고향 땅 구경도 못하고 예서 개죽음 당하고 말 걸세."

추위에 곱은 손을 연방 부비며 부역꾼들이 툴툴거렸다.

이윽고 감독관이 앞마당 한가운데에 서더니 큰 소리로 외쳤다.

"모두 집으로 돌아가라! 특별한 지시가 있을 때까지 신도안 도성 공사를 중단하라는 어명이시다!"

대궐 터 앞마당은 일시에 수런거렸다. 열 달 가까이 진행돼 온 새 도읍지 건설 공사가 하루아침에 중단되다니! 그 누구도 예상치 못한 일이었다. 이미 대궐 지을 주춧돌이 백 개도 넘게 세워져 있는 마당에.

더구나 십장 중의 하나인 치손이 부역꾼들 손에 맞아 죽고 난 뒤 공사장엔 한층 긴장감이 감돌았다. 기존에 있던 십장들 가운데 두부처럼 물러터진 자들은 모두 제 집으로 돌려보내고, 허우대 좋고 우락부락한 새 십장들을 공사장에 급파시킨 탓이었다. 새 십장들은 눈빛부터 살기등등했다. 조정에선 공사를 좀 더 빨리 진행시키라는 독촉령과 함께 앞으로 공사에 피해를 입히거나 십장의 명령에 저항하는 자는 무조건 잡아 사람 구실을 못하게 하라는 엄명까지 내렸다. 부역꾼들은 전에 없이 기죽어 하며 혹여 새 십장의 눈에 벗어날까 봐 절절맸다.

그러던 차에 공사 중지 명령이 내린 것이다. 부역꾼들은 너도나도 한마디씩 했다.

"웬일이여? 날씨가 추워져서 잠시 쉰다는 건가?"

"엊그제 대궐에서 높으신 분이 다녀갔다더니 이 일 때문이었나?"

물론 궁금증은 잠시, 대부분은 고된 중노동에서 해방된 기쁨으로 좋아 날뛰었다.

"가자, 당장 집으로 가자!"

"만세! 이제 살았다!"

감독관이 다시 소리쳤다.

"다시 한 번 말한다. 신도안 도성 공사는 중지되었다. 집이 가까운 자는 오늘밤 안으로 철수하고 집이 먼 자들은 내일 날이 밝자마자 떠나라!"

부역꾼들은 바삐 숙소로 가 짐을 쌌다. 다들 하루빨리 집으로 돌아가고 싶어 안달이었지만 벌써 해거름인지라, 먼 길 가는 이들은 어쩔 수 없이 하룻밤을 더 묵어야 했다. 강쇠도 한시라도 빨리 집에 가고파 짐 싸는 손길을 서둘렀다. 그런데 북쇠가 옷깃을 잡았다.

"주막에 들렀다 가세. 어차피 우리 집이야 엎어지면 코 닿을 데 아닌가? 도성 공사가 중지된 까닭이라도 좀 알고 가야지. 사람들에 섞여 한 잔 하다 보면 알 수 있을 게야."

강쇠는 북쇠의 말을 따르기로 했다.

주막은 벌써부터 부역꾼들로 시끌벅적했다. 다들 이미 몇 잔씩 술을 걸친 데다, 집으로 돌아갈 꿈에 부풀어 얼굴이 벌게져 있었다. 강쇠와 북쇠는 작은 방 구석 자리에 간신히 끼어 앉았다.

주모가 시어빠진 김치를 안주삼아 술상을 내왔다. 강쇠는 술을 마실 수 없어 숭늉 한 사발을 주문했다. 북쇠가 첫 잔을 벌컥벌컥 들이켜는데 앞자리에 앉은, 서른은 족히 돼 보이는 부역꾼이 말을 걸었다.

"어디서들 왔는지? 난 전라도 광주목에서 왔네만."

"저희는 계룡산 저쪽 기슭에서 왔습니다."

북쇠가 선선히 대꾸했다.

"가까이서 왔구먼. 이야기는 들었나? 공사가 중지된 까닭 말일세."

"그러잖아도 궁금하던 참입니다."

북쇠가 바짝 얼굴을 들이대자 광주 부역꾼은 소리를 한껏 낮추었다.

"경기도 관찰사가 나라님한테 상언을 올렸다는 게야."

"뭐라고 올렸길래요?"

"도읍은 나라의 중앙에 있어야 하는데 계룡산은 지나치게 남쪽에 치우쳐 있다고 했다지? 게다가 이미 기력이 다해 쇠하고 망하는 땅이라 새 왕조의 도읍지로선 적당치 않다고 했다는 게야. 내가 나라님이더라도 그런 얘기 듣고선 여기를 도읍지 삼지 못하겠더라, 암만."

그러자 그 옆에 있던 사람이 불쑥 말을 잘랐다.

"나라님이 꿈을 꿨는데 계룡산 산신령님이 나타나 '계룡산은 정 씨 후손의 도읍지이지 이 씨의 도읍지가 아니니 썩 물러가라.' 그랬다고도 하데요. 그래서 부랴부랴 공사를 중단시켰다는 게요."

또 다른 부역꾼도 알은체를 하며 끼어들었다.

"주변에 큰 강이 없어 조운선이 드나들 수 없다는 것도 큰 문제로 꼽혔다더만."

누구의 말이 맞는지 알 수 없었다. 세 사람의 말이 다 틀릴 수도, 아니면 다 맞을 수도 있었다. 분명한 건 공사가 중단된 이유는 추운 날씨 같은 단순한 까닭은 아니란 거였다. 어쨌든 강쇠는 집으로, 그리고 가마로 돌아갈 수 있어 좋기만 했다.

19. 새 길을 열다

"보름이 웃는 것 좀 보게. 백일이 지나니 어찌나 잘 웃는지. 이 녀석 보고 있으면 온갖 시름이 다 씻겨 나간다니까."

입이 귀에 걸린 어머니가 보름이를 안고서 둥실둥실 얼렀다. 보름이도 제 할머니 말귀를 알아듣는 양, 눈을 맞추며 연방 방싯거렸다.

"장모님, 저도 그래요. 머릿속엔 걱정거리가 한 보따리여도 보름이만 보면 절로 웃음이 난다니까요."

북쇠가 말장구를 치자 어머니의 얼굴은 더욱 환해졌다. 어느새 산후 부기가 거의 빠진 단비도 북쇠 곁에서 흐뭇한 표정을 짓고 있었다.

식구들의 모습을 보는 강뫼 얼굴에도 슬며시 미소가 감돌았다. 그러나 속마음은 한겨울 벌판을 헤매는 듯 허허롭고 춥기만 했다.

신도안 공사장에서 돌아온 뒤 강뫼는 한겨울 두어 달을 그대로 놀려 보냈다. 아홉 달 가까이 비워 둔 작업장과 가마엔 먼지가 뿌옇게 내려앉았고, 땅이 꽁꽁 얼어붙어 보드라운 흙을 구할 길도 없으니 그럴 수밖엔 없었다.

신도안에 새 도읍지가 들어선다던 계획은 완전히 물거품이 되어 버렸다. 나라님은 이미 도읍지를 세울 곳을 새로 물색하고 있고, 현재로선 남경이 가장 유력하다는 풍문까지 나돌았다. 꿈에 한껏 부풀어 있던 계룡산 기슭 사람들은 실망이 이만저만 아니었다. 강뫼도 마찬가지였다. 강뫼는 신도안이 도읍지가 되기를 내심 기대하고 있었다. 큰 물고기는 큰 물에서 논다고, 지방의 사기장보다는 도읍지의 사기장이 되면 자신의 큰 꿈을 펼치기도 한결 수월하려니 여긴 까닭이었다.

그러나 이미 물 건너간 일에 마음을 두는 건 의미 없는 일이었다. 겨울이 지나 어서 새봄이 되기만을, 그래서 새 흙을 퍼다 새 그릇을 빚을 수 있기만을 강뫼는 기다리고 있었다.

오래지 않아 새 봄은 왔다. 봄비도 여러 차례 내렸다. 나무들은 쑥쑥 새 잎을 돋우고, 봄바람이 불 때마다 나뭇잎들이 싸르락거리는 소리가 봄 향기 속에 울려 퍼졌다.

강뫼는 일손을 서둘렀다. 머리가 잊고 있던 것을 손과 발은 다행히도 똑똑히 기억하고 있었다. 산에서 보드라운 흙이 있는 곳을 찾아내는 것도, 퍼온 흙을 수비하고 밟아 꼬박질흙을 만드는 것도, 물레판 위에 질흙을 올려놓고 그릇을 빚는 것도, 상감을 하는 거며 유약 만드는 법도 손과 발은 똑똑히 기억하고 있었다.

식구가 하나 더 늘어난 만큼 북쇠 또한 예전보다 열심이었다. 덕분에 봄꽃 향기가 달콤하게 퍼져 가는 오월에는 제법 많은 청자를 사기전에 쟁여 둘 수 있었다. 물론 스스로의 마음에 꼭 드는 그런 청자는 아니었다. 색깔이 칙칙해서 청자라 부를 수도 없는 청자였다.

그런데 그릇이 전혀 팔리지 않았다. 사기전 그릇 칸에 진열한 그릇들은 사흘이 멀다 하고 내려앉는 먼지를 닦아내기 바빴다. 아홉 달 가까이 가게를 놀렸던 터에 단골손님이 모두 등을 돌린 탓이었다. 어머니와 단비의 바느질과 자수 솜씨 덕분에 배를 곯지는 않았다. 그렇다고 해서 그릇에 뽀얀 먼지가 쌓여 가는 걸 강 건너 불구경하듯 보고만 있을 수는 없었다.

강뫼는 자리에서 일어섰다. 몸살기 때문만은 아닌 듯 몸에 열이 나고 가슴이 답답했다. 마음은 천 갈래 만 갈래로 갈라졌다가 뒤죽박죽 엉키기를 반복했다.

"저 좀 나가 볼게요."

북쇠가 손을 내저으며 말렸다.

"오늘은 다들 쉬기로 했구먼, 왜? 조바심 내지 말고 진득하니 기다려 보세. 몸살 기운도 있다며."

어머니도 고개를 끄덕였다.

"그래라. 조급히 생각 말고 몸 풀릴 때까지 만이라도 좀 쉬려무나."

"바람이나 쐬고 올게요. 답답해서요."

기어코 자리에서 일어난 강뫼는 옆방으로 가서 농 깊숙이 넣어 둔 아버지의 청자 석 점을 꺼냈다. 하나는 동학사 대웅전 법당에서 깨뜨린 정병을 이어붙인 것이고 또 하나는 꼬마 매병, 그리고 나머지 하나는 치손이 마지막으로 남기고 간 청자 매병이었다. 석 점의 청자를 보자 강뫼의 가슴엔 불끈 용기가 솟았다.

'앉아서 기다릴 수만은 없어. 손님이 오지 않는다면 내가 손님을 찾아나서는 거야.'

강뫼는 정병은 도로 농에 두고 청자 매병 두 점만 깨지지 않게 잘 싸서 나무 상자에 넣었다. 그러고는 사기전으로 가서 자신과 북쇠가 빚은 청자를 각각 두 점씩 챙겼다.

나무 상자를 지게에 칭칭 묶어 짊어진 뒤 강뫼는 길을 나섰다. 먼저 가 보기로 한 곳은 동학사였다. 운봉 스님이 전라도 어딘가에 있는 절로 떠난 뒤 동학사엔 얼마 전 새 주지 스님이 왔다. 강뫼는 새 주지 스님하곤 말 한마디 섞지 못했다. 그저 법회 때 먼발치에서 두어 번 뵌 적이 있을 뿐이었다. 강뫼는 새 주지 스님을 만나 그릇 주문을 받아 볼 참이었다.

산길엔 노란 송홧가루가 펄펄 날리고 있었다. 눈앞이 뿌옇고 눈동자가 따가웠다. 몸살기 때문인지 등줄기에선 땀이 줄줄 흘러 등짝이 폭 젖었다. 그래도 가슴에 품은 한가닥 희망이 있어 발걸음은 그리 무겁지 않았다.

마침 주지 스님은 동학사 앞뜰을 한가로이 왔다 갔다 하고 있었다. 강뫼는 잰걸음으로 다가가 공손히 합장 반배했다.

"스님, 안녕하신지요? 저는 산어귀에서 청자 빚어 먹고 사는 강뫼라고 합니다."

첫인상이 워낙 깐깐해 보이는 데다, 법문을 설할 때도 여간

엄숙하지 않아 강뢰는 사뭇 긴장하고 있었다. 그런데 뜻밖에도 스님은 대번에 환히 웃어 주었다.

"네가 강뢰구나. 운봉 스님한테 이야기는 들었다. 대웅전 불단에 있는 청자가 네 아비가 빚은 거라지? 그래, 웬일이냐?"

강뢰는 내심 기뻤다. 스님이 자신과 아버지에 대해 알고 있으니 한결 말을 꺼내기가 쉬울 성싶어서였다.

"긴히 드릴 말씀이 있어서요."

강뢰는 잔뜩 기대에 부풀어 이야기를 꺼냈다. 그러나 이야기를 다 듣고 난 스님은 고개를 가로저었다.

"도와주고 싶다만 형편이 그렇지 못하구나. 새 왕조에선 절이든 중이든 눈엣가시로 여기지 않더냐? 오죽하면 신도안 도성 공사 때 우리 승려들을 부역꾼으로 부렸겠느냐. 사찰이 사치의 온상이라며 두 눈 시퍼렇게 뜨고 감시하는데 어떻게 새 청자를 주문하겠어?"

강뢰의 마음은 물먹은 솜처럼 축 가라앉고 말았다.

동학사를 나와 산길을 내려오는 발걸음은 자꾸만 지칫거렸다. 맑은 날인데도 바람은 거세어 송홧가루는 올라갈 때보다 더 심하게 날렸다. 강뢰는 얼굴에 달라붙은 송홧가루도 털 겸 잠시 바위 위에 앉아 숨을 골랐다. 송홧가루에 덮인 산길만큼이나 살아갈 길이 뿌옇고 막막했다. 하지만 강뢰는 도리질을 했다.

'절망하지도 포기하지도 말자. 아버지가 그러셨지. 우리 같은 하찮은 천민도 희망을 갖고 살아야 한다고. 희망을 버리는 순간, 삶은 나락으로 떨어진다고……. 맞아, 효문이도 그런 말을 한 적이 있어.'

강뇌는 희망을 버리지 않으려면 어찌 해야 할지 곰곰 생각했다. 이윽고 좋은 생각이 떠올랐다.

'기와촌으로 가 보자. 왕조가 바뀐 뒤 어깨 펴고 사는 이들은 신진사대부 나리들이라잖아. 기와촌에 사대부 집들이 있다던데 거기 가면 무슨 수가 생길지도 몰라.'

강뇌는 바위에서 일어나 부랴사랴 기와촌으로 향했다.

기와촌이라는 별명답게 사대부가는 대개 으리으리한 기와지붕을 이고 있었다. 솟을대문은 물론이고 대문 양쪽으로 죽 늘어선 줄행랑도 사람 기죽이기에 십상이었다. 아저씨 생전에 연적심부름을 온 것 말고는 기와촌에 와 본 적이 없는 강뇌는 주눅부터 들었다. 다들 집과 서당에 처박혀 글공부만 하는지 골목엔 노는 애들 하나 없이 인적마저 드물었다. 개 짖는 소리까지도 왠지 민가의 똥개와는 사뭇 다르게 들릴 정도였다.

산에서 품었던 용기는 어디론가 자취를 감춰 버리고, 괜히 이 집 저 집 돌아다니다가 봉변만 당할지도 모른다는 두려움이 슬며시 고개를 들었다. 그냥 이대로 돌아가고 싶기까지 했다.

그러나 강뇌는 다시금 스스로를 부추겼다.

'해 보지도 않고 겁부터 먹는 건 바보 같은 짓이야. 아버지나 아저씨가 아시면 엄청 실망하실 거야. 일단 부딪혀 보자.'

강뇌는 기웃기웃 골목을 누비다 그 중 가장 으리으리한 솟을 대문 앞에서 발걸음을 멈췄다. 그리고는 크게 심호흡을 하고서 대문을 쾅쾅 두드렸다. 안에서 뛰어오는 소리가 들리더니 스무 여 남은 살 먹었을 법한 머슴이 빗장을 열었다. 머슴은 거만스레 강뇌를 위아래로 훑어보더니 대뜸 반말지거리부터 했다.

"뭐 하는 놈인데 대갓집 대문을 함부로 두드리느냐?"

"청자 구워 파는 사기장인데, 그릇 좀 보시라고 들렀습니다
요."

"사기장? 저잣거리에도 사기전이 있건만 집집마다 웬 방문
이냐? 우린 신도안 쪽에 있는 김해 사기장네 그릇을 쓴다. 네놈
하고 노닥거릴 일 없으니 냉큼 꺼져라."

"행랑어멈이라도 불러 주세요. 우리 그릇을 보면 마음이 달
라질 겁니다."

"이놈아, 대갓집 그릇을 행랑어멈이 고르는 줄 아느냐? 썩
꺼지기나 하라고!"

머슴은 더는 이야기도 듣지 않고 문을 쾅 닫고는 빗장까지
걸었다.

그렇게 일고여덟 집을 더 돌았지만 강뫼는 문 안에도 들어서
지 못한 채 번번이 허탕만 쳤다. 대문을 열자마자 물바가지를
퍼붓거나 굵은 소금을 뿌리는 집까지 있었다.

어느덧 해거름이 가까워져 산기슭엔 푸르스름한 이내가 깔
렸다. 얻은 것 하나 없이 강뫼는 지칠 대로 지쳐 있었다. 그래
도 마지막으로 딱 한 집만 들러 보기로 했다.

마침 기와촌 한구석에 있는 소박한 집 두 채가 눈에 띄었다.
그 흔한 솟을대문이 아니라 평대문을 단 집들이었다. 강뫼는 그
중 대문이 살짝 열린 집으로 갔다. 대문 안을 들여다보니 그다
지 넓지는 않지만 앞뜰엔 온갖 화초가 피어 있고 아담한 집채도
퍽 정갈해 보였다.

기웃기웃 안을 들여다보는데 누군가 뒤에서 등짝을 퍽 쳤다.

"이놈! 어디 감히 대갓집 안뜰을 엿보느냐?"

뒤돌아보니 열예닐곱 살 됨직한 머슴 하나가 서 있었다. 머슴은 땡감 먹은 얼굴을 하곤 두 주먹을 허리춤에 꽂은 채 강쇠를 노려보았다. 머루만 먹고 산 사람처럼 얼굴이 꽤나 새까맣고 머리통은 까놓은 알밤처럼 동그랬다.

"엿보려고 한 게 아니라, 그저 대문이 좀 열려 있기에⋯⋯."

"이놈아, 그게 엿본 거지 아니란 말이냐?"

아무리 대갓집 머슴이라지만 저보다 어려 보이는 녀석이 반말지거리를 하는 게 강쇠는 영 밸이 꼴렸다. 그래서 지게 짐을 탁탁 두드리며 대차게 대꾸해 주었다.

"엿본 게 아니라 청자를 팔러 왔다구! 여기 있는 게 다 청자 그릇이라고!"

"우리 집에선 네 그릇 살 일 없으니 썩 물러가!"

머슴과 실랑이를 하는데 갑자기 골목 끝이 소란스러웠다. 누군가 말을 탄 채 도포자락을 휘날리며 오고 있었다. 머슴이 깜짝 놀라 강쇠에게 말했다.

"썩 비켜라. 어서!"

그러고서 머슴은 대문 안을 향해 냅다 소리를 질렀다.

"작은나리 듭시옵니다. 작은나리 오셨습니다!"

강쇠는 얼른 대문 옆으로 비켜섰다. 늙수레한 하인이 달려나와 머리를 조아렸다.

말고삐를 멈추고 젊은 양반이 말에서 내리더니 대문 쪽으로 성큼성큼 걸어왔다. 강쇠는 고개는 숙이고 눈은 살짝 흡뜬 채 몰래 그를 훔쳐보았다. 수염은 제법 무성했으나 얼굴은 이제 고작 삼십대 초반에서 중반 정도일 듯 젊었다. 콧날은 날렵하지만 눈매가 선하고, 광대뼈가 알맞게 드러나 온화한 인상이었다. 그런데 어디선가 본 듯한 얼굴이었다.

'누구지? 왜 이리 낯이 익지?'

강뫼는 그에게 눈을 떼지 않은 채 머릿속을 더듬거렸다. 다행히 곧 기억이 떠올랐다.

'아, 아저씨 심부름으로 내가 연적을 갖다드린 그 품관 나리시다. 이 기회를 놓치지 말자.'

그러고 보니 아까부터 강뫼는 이 집이 왠지 눈에 익었다. 그러나 길눈도 어둡고, 기억력도 짧아 예전에 한 번 와 봤던 집을 금방 기억하지 못한 거였다. 강뫼는 성큼 앞으로 나아가 머리를 조아렸다.

"나리, 안녕하신지요? 저는 보안 사기장 밑에서 일하던 강뫼라고 하옵니다."

놀란 하인이 강뫼의 옷자락을 잡으며 소리쳤다.

"웬 놈이냐? 냉큼 비켜서지 못할까?"

그 정도는 각오한 터였다. 강뫼는 하인의 손을 뿌리치곤 급히 말했다.

"나리, 청자 좀 팔러 왔습니다. 한 번 보아만 주십시오."

"이놈이 어느 안전이라고 앞을 막아! 막둥아, 뭐 하느냐. 어서 이놈을 내팽개치지 않고!"

얼굴이 붉으락푸르락해진 하인이 멱살을 잡자 막둥이라는 머슴이 합세해 강뫼를 패대기쳤다. 강뫼는 짐지게를 진 채 땅바닥에 널브러지고 말았다. 그래도 볏짚으로 겹겹이 싸서 나무 상자에 넣어 둔 터라, 안에 든 청자가 깨어질 염려는 없었다.

"왜 이리 소란인가. 천한 자라도 함부로 다루지 말라고 일렀거늘. 쯧쯧……."

늙수레한 하인에게 품관이 호통을 쳤다.

"이놈이 버릇없이 작은나리 앞을 막아서기에……."

얼굴이 벌게진 하인이 얼버무렸다. 그제야 품관이 강뫼에게 눈길을 돌렸다.

"보안 사기장 밑에서 일을 했다고? 아하! 언젠가 연적 심부름을 왔던 그 아이구나. 몰라보게 컸구먼. 몇 살 먹었느냐?"

"예, 열여덟입니다."

"오, 우리 막둥이하고 한동갑이군. 그나저나 웬일이냐. 저 잣거리에 사기전이 있는데 뭐 하러 가가호호 그릇을 팔러 다니지? 머슴들이 문도 안 열어 줄 텐데……."

"그게 말입니다……."

강뫼는 더듬더듬 자초지종을 설명했다.

"용기가 가상하구나. 그럼 구경이나 한번 해 볼까? 보안 사기장한테 배웠다면 솜씨가 떨어지지는 않을 것 아닌가."

강뫼는 품관을 따라 사랑채 마루로 갔다. 하인과 막둥이가 강뫼를 흘기며 뒤따라왔다.

마루에 정좌한 품관이 강뫼에게 고갯짓을 했다.

"꺼내 보아라."

강뫼는 나무 상자 안에 넣어 둔 청자를 하나하나 꺼냈다. 젊은 품관의 눈길이 그릇 하나하나마다 천천히 머물렀다.

"음, 색깔은 탁하다만 상감이나 그릇 모양은 제법 쓸 만하구

나. 다 네가 만든 것이냐?"

"아닙니다. 여기 두 점은 제가, 그리고 이 두 점은 제 매형이……."

"그래? 그런데 그것은 왜 안 꺼내느냐? 다 꺼내 보아라."

아버지가 빚은 청자를 가리키며 품관이 말했다.

갖고 오기는 했지만 팔 것은 아니라서 조금 망설이다가 강뇌는 아버지의 청자를 꺼냈다. 품관이 눈을 휘둥그레 뜨며 매병을 집어 들었다.

"참으로 색깔이 곱구나. 상감도 훌륭하고! 네가 빚은 청자더냐?"

"아닙니다. 돌아가신 제 아버지가 빚은 청자이옵니다."

"네 아비가 누구였기에?"

강뇌는 망설망설하다가 아버지 이야기를 털어놓았다.

"그럼 이 꼬마 청자도 네 아비가 만든 것이냐?"

"그러하옵니다."

"앙증맞기가 제법이로구나. 이 청자들을 내가 살 수 있겠느냐?"

"아, 아닙니다. 그것은 파는 것이 아닙니다."

"팔 것도 아니면서 왜 갖고 다니느냐?"

강뇌는 말문이 막혔다. 정말 왜 아버지의 청자를 갖고 왔는지, 그걸 짐지게에 왜 실었는지 스스로도 의문스러웠다. 품관이 강뇌의 얼굴을 뚫어져라 보았다.

"아비를 앞세워 네 그릇을 팔고 싶은 게로구나. 네 아비가 이토록 훌륭한 청자를 빚었으니 너도 이런 청자를 빚을 수 있다,

그런 뜻이렷다."

강뫼는 얼굴이 화끈거렸다. 그랬다. 스스로도 잘 몰랐는데, 품관이 말한 게 자신의 정확한 속마음이었다. 부끄러웠다. 아버지의 청자를 흉내조차 못 내면서 그걸 짐지게에 실었던 자신이……. 아버지를 앞세워 자신의 그릇을 팔려 했던 스스로가.

"나는 네 용기, 패기는 높이 사겠다. 그렇지만 너와 네 매형이 만든 청자는 썩 마음에 들진 않는다."

"예?"

글렀구나 싶어 잔뜩 풀죽은 강뫼를 품관이 은근한 눈길로 보았다.

"나는 청자를 별로 탐탁지 않게 여겼다만 네 아비의 청자는 마음에 끌리는구나. 그런데 너는 그걸 팔지는 않겠다고 하니……. 이렇게 하자. 네 솜씨를 볼 터이니 네 아비가 빚은 것 같은 색깔 곱고 상감도 훌륭한 청자를 한번 만들어 보겠느냐?"

가슴이 뻐근해지는 것도 잠시, 강뫼의 마음속엔 갈등이 생겼다.

'할 수 있을까? 한다고 했다가 못하면 어쩌지?'

'인생엔 세 번의 기회가 있다고 했어. 두 번의 기회를 놓쳤으니 어쩌면 이게 마지막 기회일지 몰라. 해 보자, 한다고 하자.'

강뫼의 절절한 눈빛과 품관의 진중한 눈빛이 한곳에서 부딪쳤다.

"하겠습니다. 해 보겠습니다."

"그래, 기대하마."

"언제까지 만들어야 하는지요?"

"날수는 신경 쓰지 말고, 네 생각에 이 정도면 됐겠다, 싶거든 갖고 오너라."

강뫼는 품관의 집을 나와 그대로 마을길을 내달렸다. 얼굴에 부딪치는 바람이 그 어느 때보다도 상큼했다.

20. 목화송이의 선물

"아, 틀렸어. 다 엉망이야!"

가마 안에서 울부짖는 소리가 들렸다. 이내 여러 점의 청자가 가마 밖으로 내던져지며 그대로 박살이 나 버렸다. 연꽃무늬, 국화무늬, 모란덩굴무늬, 구름무늬, 버드나무 무늬……. 정성껏 고운 무늬를 새겨 넣은 상감청자들은 눈 깜짝할 새에 한낱 쓸모없는 사금파리가 되고 말았다.

북쇠가 가마 안으로 뛰어들어갔다. 열이 완전히 식지 않은 가마 안은 아직 꽤나 후끈거렸다.

"왜 또 그래. 내가 몇 번 말했는가. 상감은 몰라도 더는 비색은 욕심내지 말라고 했잖은가. 대구소나 보안의 흙을 퍼오지 않는 한, 그곳의 잿물을 가져오지 않는 한 어쩔 수 없는 일이야."

강뫼는 고개를 푹 숙인 채 두 손으로 머리를 움켜쥐었다.

몇 달째 강뫼는 품관으로부터 주문받은 청자를 빚는 데만 몰

181

두했다. 그동안 새 도읍지는 남경으로 결정되었고, 이름도 '한성부'라 고쳐 지었다. 왕실과 조정은 시월에 개경에서 한성부로 천도했다. 궁궐과 관아, 성곽 공사도 새로이 시작되었다.

계룡산 기슭은 다시금 어수선해졌다. 한성부 도성 공역에 나갈 부역꾼을 뽑아야 하기 때문이었다. 다행히 지난번 신도안 공역에 동원됐던 이들은 이번엔 제외되었다. 혹시 또 부역꾼으로 뽑힐까 봐 마음 졸였던 강뫼는 가슴을 쓸어내렸다.

한동안 파리를 날렸던 강뫼네 사기전은 웬일인지 다시 북적거리기 시작했다. 품관 댁 하인과 막둥이가 동네방네 나불거리고 다닌 덕분이었다. 알고 보니 품관은 학식과 인품이 뛰어나 조정에까지 이름이 알려진 신진사대부라 했다. 조만간 조정에 불려가 일할 거란 풍문도 파다했다. 비록 질 낮은 청자일지언정 사람들은 이왕이면 전도유망한 품관이 점찍은 가마의 것을 쓰고 싶어 했다.

강뫼는 품관으로부터 받은 청자 주문을 꼭 성공하고 싶었다. 품관의 마음에 꼭 드는 청자, 아니, 그보다 스스로가 만족할 만한 청자를 빚고 싶었다. 운봉 스님에게 주문을 받았을 때는 그저 엄청난 주문을 받았다는 사실만으로 감사했건만 이번엔 그렇지 않았다. 꼭 훌륭한 청자를 빚고 싶었다. 아마도 그건 품관이 했던 말 때문일 것이다.

'네 아비를 앞세워 네 그릇을 팔려 하는구나.', '급한 건 아니니 날수는 신경 쓰지 말고 네 마음에 이 정도면 됐겠다 싶거든 갖고 오너라.' 란 그 말…….

그러려면 아버지의 청자를 닮은, 아니 그보다 더 훌륭한 청자를 빚어야 했다.

하지만 그건 마음뿐이었다. 그릇 모양과 상감은 어느 정도 흡족했으나 아무리 해도 원하는 비색이 나오지 않았다. 강뇌는 벌써 몇 번이나 다 만든 청자를 깨부수고 또 깨부수곤 했다.

북쇠가 강뇌의 어깨에 손을 얹었다.

"잘 생각해 보게. 흙과 잿물뿐 아니네. 대구소 가마에 비하면 여기 가마는 규모도 시설도 형편없을 걸세. 나라님 쓰시는 청자, 대국에 조공으로 보내던 최고급 청자를 빚던 대구소 가마는 조정과 관아에서 아낌없는 지원을 해 준 관요가 아니던가. 하지만 이곳 가마들은 모두 민요들이네. 민요에서 어찌 관요에서 나온 것만큼 좋은 청자가 나올 수 있겠나?"

강뇌는 바닥에서 청자 사금파리 하나를 집어 들었다.

"하지만 아름다운 비색을 내지 못하는 청자는 청자가 아니잖아요. 그건 죽은 청자잖아요."

"누군들 맑고 투명한 비색을 안 내고 싶겠나? 해도 안 되니까 그러는 게지. 색깔에 목숨 걸다가는 죽도 밥도 안 되네."

"매형도 내 꿈을 알잖아요. 난 아버지처럼 훌륭한 상감청자를 빚는 게 꿈이라고요! 효문이한테도 그렇게 큰소리쳤고요. 그게 안 되니까 미칠 것 같아요."

"나 역시도 그런 청자를 빚고 싶지. 하지만 잘 안 되고, 안 될 수밖에 없는 이유를 아니까 이러는 게지."

"알았어요. 머리가 아파 얘기도 더 못하겠어요. 바람 좀 쐬고 올게요."

"그러게. 여긴 내가 치워 놓을 테니."

강쇠는 산길을 거슬러 올라갔다. 가을이 깊어 산은 온통 울긋불긋했다. 한참을 올라가 산마루에 섰다. 그런데 맞은편 산기슭의 하얀 들판이 눈에 확 들어왔다.

"저게 뭐지? 왜 저기만 온통 하얗지?"

강쇠는 고개를 갸웃하며 그쪽으로 발길을 돌렸다. 한참을 내려가자 아까 보았던 하얀 들판이 자세히 보였다. 커다란 밭에 마치 하얀 눈송이를 매단 것 같은 나무들이 촘촘히 심어져 있었다.

"아, 저건 목화밭이잖아."

대구소에서 살 때 강쇠는 지산 스님과 효문을 따라 경상도 진주목에 간 적이 있었다. 그곳에서 생전 처음으로 목화밭을 구경했다.

'누구라고 했더라? 맞아, 문익점이라는 문신이라 했지. 그 나리가 대국에서 목화씨를 가져와 우리나라에서도 목화를 재배하게 됐다고 들었어. 여기서 목화밭을 만나게 되다니!'

강쇠는 발걸음을 빨리 했다. 얼마 안 가 눈앞에 드넓은 목화밭이 펼쳐졌다.

목화나무마다 밤톨 같은 목화 다래들이 툭툭 껍질을 벌린 채 눈송이처럼 하얀 목화송이를 내밀고 있었다. 순간 강쇠는 가슴이 마구 쿵쾅거렸다.

'이상하다. 목화송이 핀 걸 처음 본 것도 아닌데 왜 이렇게 달라 보이지? 진주목에서 보았을 땐 이렇게 가슴이 뛰지 않았어.'

강쇠는 넋을 놓은 채 목화밭을 바라보았다. 한 가지 생각이 번개처럼 머리를 스쳤다.

'그래! 바로 저거야. 아름다운 비색을 낼 수 없다면 차라리 그릇 겉을 하얗게 분칠하자. 하얀 목화송이처럼! 분명 멋지고 새로운 그릇이 될 거야!'

'효문이도 그런 말을 했었어. 해도 안 되는 청자에만 목매달지 말고 새 그릇을 연구해 보라고!'

강뫼는 벅찬 가슴을 안고 왔던 길을 되돌아 달렸다. 북쇠는 그새 작업장 안 평상에서 세월 좋게 낮잠을 즐기고 있었다.

"매형! 매형! 일어나 봐요!"

북쇠가 눈을 비비며 하품을 늘어지게 했다.

"깜짝이야! 단잠 자는 사람을 왜 깨우나?"

"좋은 생각이 났어요. 비색에 대해선 마음을 비우고 아예 색다른 그릇을 만들어 볼래요."

"어떻게?"

"바람 쐬러 나갔는데 하얀 목화밭이 눈에 확 들어오더라고요."

"새삼스레 목화밭은. 온 나라에 목화 퍼진 게 언젠데? 그래, 청자에 목화 그림이라도 새겨 넣자는 건가?"

강뫼는 손을 훼훼 내저었다.

"그게 아니고요, 다른 건 청자 만들 때랑 똑같이 하되 겉에 백토로 하얗게 분칠을 해 보자는 거죠. 목화송이처럼 말예요. 분칠을 한 다음에 유약을 발라 굽고요."

북쇠가 고개를 갸우뚱했다.

"분칠? 백토를 발라 구우면 완전한 흰색이 되지는 않을 텐데?"

"그렇겠죠. 조개껍데기 색깔이나 뭐 그런 색이 되겠죠. 하지만 완전한 흰색은 아니더라도 색다른 그릇은 될 것 같아요."

"글쎄, 분칠한 청자는 청자라고 할 수도 없을 텐데? 품관 나리는 청자를 만들라 했는데 어쩌려고?"

"미리 나리께 말씀 드리려고요. 도무지 비색을 못 내겠으니 새로운 그릇, 색다른 그릇을 만들어 보이면 어떻겠냐고요."

"허락하실까? 실망해서 당장 때려치우라 하시지 않을까?"

"그럴 수도 있지요. 하지만 나리가 안 된다고 하셔도 전 꼭 그 그릇을 만들어 볼랍니다. 왠지 느낌이 좋다고요!"

말은 이렇게 했어도 강뫼는 내심 기대는 구석이 있었다.

'무슨 까닭인지는 몰라도 품관 나리는 청자를 별로 좋아하지 않는다고 했어. 아버지의 청자를 보고 마음이 흔들려 청자를 주문한 것뿐이라고 했잖아. 그러니 어쩌면 내가 제안하는 새 그릇에 솔깃해하실 수도 있어.'

강뫼의 속을 들여다본 듯 북쇠는 고개를 끄덕였다.

"나도 품관 나리가 생각이 확 트인 분이라는 소문은 들었네. 처남 이야기가 통할 수도 있겠어. 사실 상감청자도 고릿적부터 대대손손 내려온 그릇도 아니고 고려 때부터 만들기 시작한 거 아닌가? 왕조가 바뀌고 나라님도 바뀌었으니 새 그릇을 만들어 볼 만도 해."

강뫼는 불끈 기운이 났다.

"그렇게 말해 주시니 힘이 나요. 고마워요, 매형."

"나도 좀 연구해 놓은 게 있어. 보름이 에미는 보고서 좋다고 했는데 처남은 어찌 볼지 궁금하군."

"그럼 저한테 먼저 보여 줘야지, 왜 누나한테 먼저 보여 줘요? 누나야 부부로서 백년해로할 사람이지, 그릇으로 백년해로할 사람은 바로 저잖아요."

"하하, 자네도 참. 농을 다 걸 줄 알고……. 잠깐만 기다려 보게."

북쇠가 그릇 칸 쪽으로 가더니 안쪽에서 상감청자 두 점을 꺼내 왔다. 손잡이까지 달린 독특한 술대접과 어른 팔뚝 높이의 항아리였다.

"이걸세. 뭐 좀 달라 보이는가?"

강뫼는 먼저 술대접을 들어 무늬를 찬찬히 살펴보았다. 비색은 형편없지만 무늬만은 정말 독특했다. 바깥 면의 아래위엔 마치 작은 빗살 같기도 하고 빗방울 같기도 한 무늬를 촘촘히 새겨 넣고, 가운데는 아주 작은 국화무늬를 빼곡하게 상감을 한 것이었다. 그릇 안쪽 면에도 역시 자잘한 무늬가 일정하게 상감돼 있었다.

항아리의 무늬도 독특하고 새로웠다. 몸통 중간엔 용이 여의주를 물고 불을 내뿜는 모습을, 주둥이와 몸통 윗부분엔 파도무늬를 마치 도장 찍듯 일정하게 새긴 상태였다.

강뫼는 눈빛을 빛냈다.

"정말 독특해요. 예전의 상감하곤 아주 달라요. 매형, 그릇에 상감을 이렇게 넣고 그 위에 백토로 분칠을 하면 어떨까요? 그럼 무늬도 색깔도 아주 새로운 그릇이 될 것 같아요!"

21. 마음이 빚은 꿈

품관은 말을 아끼며 한참이나 뜸을 들였다. 강뫼는 바작바작 가슴이 타 들어갔다.

'얼른 대답하시지 않는 걸 보니 못마땅하신 모양이다. 그렇담 어쩔 수 없어. 나리한테 야단을 맞더라도 난 내가 생각한 그릇을 만들어 볼 거야.'

마침내 품관이 입을 열었다.

"네 아비가 빚은 것 같은 청자를 못 만들겠으니 다른 그릇을 만들어 보겠다고?"

강뫼는 우물쭈물 대답했다.

"예, 나리께서도 제 마음에 꼭 드는 청자가 완성되면 갖고 오라 하셨는데 도무지 그런 청자가 나오지 않기에……."

이해가 간다는 듯 품관이 고개를 끄덕였다.

"보안 사기장이 살아 있을 때도 내가 청자를 몇 점 주문했었지. 그때도 마찬가지 대답이 왔다네. 흙도 안 좋고 유약 재료인 잿물이 보안 것만 못해 그렇다고 했는데…… 너희도 마찬가지 구나."

"송구합니다."

"청자 주문은 취소하마. 사실 청자는 화려하고 아름답지만 만백성을 위한 그릇은 아니었다. 값도 너무 비싸서 왕실이나 호족, 승려처럼 지체 높고 돈 많은 이들만 쓸 수 있는 그릇이 아니었더냐? 그래서 난 청자를 좋아하지 않았다."

강뫼는 품관이 청자를 좋아하지 않는 까닭을 비로소 알 것 같았다.

"우리 집에도 청자는 눈을 씻고 찾아야 겨우 몇 점 찾을 수 있을 정도다. 대부분 질그릇이나 목기를 썼으니까. 다만 네 아비의 청자가 하도 좋기에 너더러 그런 청자를 한번 빚어 보라 했던 게야. 하지만 못 만든다니 할 수 없지."

품관은 잠시 뜸을 들이더니 쐐기 박듯이 말했다.

"나는 너희의 도전 정신을 높이 산다. 너희가 말한 대로 새로운 그릇을 만들어 오너라. 그 그릇이 내 마음에 들면 내가 사마. 다만 새 그릇엔 정성과 새로움, 백성들의 마음이 담겨야 한다. 우리 새 조선 왕조처럼 말이다."

희망과 용기가 불끈 솟으며 강뫼는 가슴이 더워졌다.

"고맙습니다. 제 힘껏 만들어 보겠습니다."

그날부터 강뫼와 북쇠는 밤잠도 줄여 가며 그릇을 빚고 무늬를 새겼다.

처음에 강뫼는 상감청자를 만들 때와 모양도 무늬도 비슷하게 했다. 비색을 내지 못하는 대신 그릇 겉을 백토로 분장하기로 한 터라 그리 해도 그만이었다. 그런데 문득 품관이 강조한 말이 머리에 떠올랐다.

'정성도 정성이지만 새로움이 필요하다고 하셨어. 그릇 모양도 무늬도 좀 더 새롭게 해 보자. 매형처럼 말이야.'

그러자 생각이 꼬리에 꼬리를 물고 일어났다.

'참, 청자는 너무 화려하고 비싸서 지체 높고 돈 많은 사람들만 쓸 수 있는 그릇이지 온 백성의 그릇은 아니라 하셨어. 그래, 청자는 신비롭고 아름답지만 너무 화려했어. 보통 백성들은 겨우 대웅전 불단에서나 구경할 수 있는 그릇이었지.'

'백성들이 쓰는 그릇은 또 어떤가. 무늬도 꾸밈도 부족해 좀 밋밋하잖은가. 백성들이라고 좀 더 아름다운 그릇을 쓰고픈 마음이 없을까? 이왕이면 지체 높은 양반도, 우리 같은 보통 백성들도 모두 함께 쓸 수 있는 그릇을 만들면 안 될까?'

결국 강쇠는 그릇 색깔뿐 아니라 무늬도 새롭게 표현해 보기로 했다. 그래서 항아리에 모란무늬를 큼직큼직하게 넣어 보았다. 갈대숲에서 참새들이 노는 모습을 새긴 매병이며 물고기와 물새, 오리를 한꺼번에 새긴 정병도 빚었다.

북쇠가 연구해낸 것처럼 다른 무늬는 전혀 없고 연꽃무늬와 모란무늬를 마치 도장 찍듯 촘촘히 새긴 인화무늬 대접과 향로도 만들어 보았다. 몸통 한가운데는 불을 뿜는 용의 모습을 상감하고, 주둥이와 아랫부분은 연꽃무늬를 도장 찍듯 새긴 매병도 빚었다. 온통 국화무늬만 빽빽이 찍은 술병도 만들었다. 철분이 들어간 안료로 무늬를 그려 보기도 했다.

그릇의 겉을 백토로 분장하는 방법도 여러 가지로 생각해 보았다. 온통 백토를 칠한 뒤 무늬를 새기는 방법, 귀얄*의 붓자국이 선명하게 드러나게 백토 물을 빠르게 쓱쓱 칠하는 방법, 아예 백토 물에 그릇을 덤벙 담그는 방법⋯⋯. 그릇 표면을 백토로 분장한 뒤 무늬는 선으로 파내고 바탕의 백토는 그대로 두는 방법 등⋯⋯.

그러나 마음에 차는 그릇은 쉽사리 빚어지지 않았다. 버려야만 비로소 얻어졌다. 빚어서 버리고, 상감한 뒤 버리고, 백토로 분장한 뒤 버리고, 유약을 발라 구운 뒤 버리고⋯⋯. 버린 뒤 다시 빚고, 버린 뒤 다시 상감하고, 버린 뒤 다시 백토를 분장하고, 버린 뒤 다시 굽는 작업들이 반복됐다. 품관은 진득하게 기다릴 뿐 절대 그릇을 재촉하는 법이 없었다.

그렇게 한 해가 훌쩍 지나고 다시 가을이 되었다.

북쇠와 검동, 풍이가 자리를 비운 뒤 강뫼는 홀로 작업장에 남아 그동안 빚은 그릇들을 하나하나 살펴보았다. 그만하면 모양도 무늬도 새로워 보였다. 이제 유약을 발라 재벌구이를 하면 뜻하던 전혀 새로운 그릇이 나올 것만 같았다. 스스로 생각해도 대견하고 뿌듯했다.

그런데 문득 가슴 한구석이 시린 듯 허전해졌다. 새벽 산길에 깔린 안개처럼 어두운 생각이 머릿속을 자욱이 덮었다.

'내가 지금 무얼 하고 있는 거지? 내 꿈은 훌륭한 청자를 빚

---

*귀얄 : 풀이나 옻을 칠할 때에 쓰는 솔의 하나. 주로 돼지털이나 말총을 넓적하게 묶어 만든다.

는 거였잖아. 할아버지처럼, 아버지처럼 나라님 쓰시는 청자를 빚는 사기장이 되는 거였잖아. 돌아가신 아버지도 내가 그러기를 바라셨는데……. 나는 지금 내 꿈과 아버지의 꿈을 저버리고 있는 것일까?'

'효문이와 아란이가 내 곁을 떠난 것도 내가 제대로 된 청자를 빚자고 우겼기 때문이었어. 그런데 내가 그런 청자를 빚지 못하면 나중에 효문이와 아란이 얼굴을 어찌 볼까."

강뫼는 혼란스러웠다. 훌륭한 청자를 만들겠다고 큰소리쳤던 것도, 청자 대신 전혀 새로운 그릇을 만들어 보겠다고 했던 것도 다름 아닌 자기 자신이었다.

'이대로는 아무것도 할 수 없어. 어떻게든 생각을 정리해야 해.'

강뫼는 작업장을 나와 이리저리 걸었다. 그러다 발걸음이 저절로 목화밭으로 향했다.

목화송이들은 며칠 전보다 더 탐스럽게 벌어져 있었다. 뭉게뭉게 피어난 하얀 솜꽃이 눈꽃송이보다 더 환히 빛났다. 그 목화밭 고랑에 아낙네들이 줄줄이 서서 주거니 받거니 목화송이를 따고 있었다.

"광 넓고 사래진 밭에 목화 따는 저 큰 아가
목화는 내 따서 주마, 나의 품에 잠들어라
잠들기는 어렵지 않소, 목화 따기가 늦어가요."

노래가 끝나자 아낙 하나가 까르르 웃었다.

"호호, 그 노래도 참. 부르긴 재미나도 남 들을까 봐 남우세스럽네."

"그러니까. 총각은 제 품에 잠들라 하고, 처녀는 잠들긴 어렵지 않다 하고, 그게 뭔 말인감?"

"뭘, 꽃다운 나이에 처녀 총각이 그럴 수도 있지, 자네들은 안 그랬나?"

강뫼는 괜스레 얼굴이 화끈거려 얼른 발걸음을 돌렸다. 아낙들은 뒷전에서 저희끼리 계속 수런거렸다.

"조금 있으면 된서리가 내릴 테니 그 전에 얼른 목화송이를 따야겠지?"

"누가 아니랴? 그놈의 된서리 때문에 우리 허리 남아나지 않을 판이라니까."

"그래도 목화 덕분에 추위 걱정 안 해도 되니 그게 어디야?"

"아무렴! 부지런히 목화송이 따서 무명도 짜고 누비옷, 솜이불도 만들면 아무 걱정 없잖은가. 한겨울에 삼베옷 입고 오들오들 떨던 게 옛일이니 얼마나 고마운 일이여?"

강뫼는 문득 가던 발걸음을 멈췄다.

'그래, 나도 저 목화 같은 그릇을 만드는 거야. 어느새 목화가 온 백성의 사랑을 받는 존재가 됐듯 나도 나라님부터 백성에 이르기까지 모두에게 사랑 받는 그릇을 만들어 보는 거야!'

'그렇게만 된다면 훌륭한 청자를 만드는 것 못지않게 큰 보람이 있을 거야. 내 꿈과 아버지의 꿈도 결코 저버리지 않는 것이 될 거야! 효문이가 말했던, 새 그릇을 만들어 보라던 그 말하고도 맞지 않는가.'

'이번에 새 그릇이 잘 만들어지면 효문이와 아란이도 수소문해 보자. 그래서 그 둘을 다시 여기로 데려오자. 지금쯤이면 효

문이 녀석도 오해를 풀고 있을 테지.'

강뫼의 입가엔 목화송이처럼 환한 웃음이 살포시 번졌다.

이윽고 그날이 왔다. 울긋불긋 단풍이 산허리를 물들이고 늦가을 햇볕도 알맞게 따사로운 날이었다.

강뫼는 북쇠와 함께 재벌구이 할 그릇을 가마 안에 차곡차곡 쟁였다. 검동과 풍이는 알맞게 쪼개 바짝 말린 장작을 가마 옆에 넉넉히 부려 두었다. 어머니와 단비는 가마 앞에 멍석을 깔고 고사 상을 차렸다. 정성껏 만든 떡과 귀한 과일, 정화수 따위가 고사 상 위에 놓였다. 마지막으로 북쇠가 깨끗한 흙을 가득 담은 자배기를 상 한가운데에 올렸다.

강뫼가 무릎을 꿇은 채 두 손으로 술잔을 들자 북쇠가 하나 가득 술을 부었다. 강뫼는 머리 위까지 술잔을 올린 뒤 고사 상 위에 내려놓고 두 번 절했다.

북쇠가 바짝 마른 삭정이에 불을 붙여 봉통*에 홱 던졌다. 마른 솔가지와 얼기설기 쌓아 놓은 장작더미로 불살이 타다닥 빠르게 옮겨 붙었다. 붉은 불살은 춤추듯 너울너울 가마 안으로 빨려 들어갔다.

한참 뒤, 가마 위에 있는 굴뚝으로 연기가 몰씬몰씬 피어올랐다. 가마 안의 습기가 모두 빠졌다는 신호였다.

이젠 가마 칸에 불을 지필 차례였다. 북쇠가 첫 번째 가마의 문을 막은 흙을 헐었다. 그러곤 가마 안으로 장작들을 힘껏 던

---

*봉통 : 도자기 굽는 가마의 맨 앞에 있는 아궁이 부분.

졌다. 봉통에서 빨려들어온 불살이 장작에 옮겨 붙으며 첫 번째 가마가 벌겋게 달아올랐다. 북쇠는 가마 문 옆의 작은 구멍 사이로 창불** 색깔을 살피며 쉼 없이 장작을 던졌다. 가마 안에선 이글거리는 불길이 이리저리 휘돌고 그릇은 맞춤하게 익어 갔다. 불길은 연방 널름거리고, 장작을 던지는 북쇠의 이마엔 굵은 땀이 숭굴숭굴 맺혔다.

강쇠는 숙연한 마음으로 기도했다.

'부처님, 가마신 님. 부디 좋은 그릇이 나올 수 있게 해 주소서. 저와 매형이 한 새로운 시도가 부디 좋은 열매를 맺게 해 주소서.'

얼마나 지났을까. 북쇠가 첫 번째 가마 문의 구멍에 꼬챙이를 들이밀어 시편***을 꺼냈다. 유약도 알맞게 녹아내리고 그릇도 잘 구워진 듯싶었다. 북쇠는 첫 번째 가마의 문을 흙으로 완전히 막곤 두 번째 칸으로 불을 옮겨 붙였다. 그렇게 불길은 세 번째 가마까지 차례차례 순서대로 올라가며 옮겨 갔다. 가마에 쟁여진 그릇도 그렇게 차례로 익어 갔다.

**창불 : 그릇을 구울 때, 가마의 작은 구멍에 때는 불.
***시편 : 그릇을 구울 때 그릇이 잘 구워졌는지 살펴보기 위해 가마에 미리 넣어 두는 작은 그릇 조각.

22. 돌아온 아란

여름 더위가 제법 꺾였는데도 숲 속에선 매미가 극성스럽게도 울어 댔다. 작업장 안도 아직은 꽤나 더웠다.

강뫼는 물레를 차며 그릇을 빚느라 더운 줄도 몰랐다. 그래도 이마엔 땀방울이 송송 맺혀 있었다.

계룡산 기슭에 온 뒤 가장 바쁜 날들이 흘러가고 있었다. 품관은 강뫼와 북쇠가 만들어 낸 새 그릇을 아주 마음에 들어 하며 널리 입소문을 냈다. 덕분에 관내 사대부가에서는 거의 다 강뫼네 가마에 그릇을 주문했다. 얼마 전부터는 공주목 관아에서 쓰는 그릇도 강뫼네 가마에서 만들기로 했다.

그뿐 아니었다. 민가의 백성들도 다투어 강뫼와 북쇠가 새로 만들어 낸 그릇을 찾았다. 모두들 몸을 몇으로 쪼개도 모자랄 만큼 그릇을 빚고 굽기에 바빴다.

어떻게 알았는지 충청도 곳곳의 가마에서 사기장들이 일을 배우러 오기까지 했다. 요즘 들어선 경기도 쪽에서까지 사람들이 왔다.

강뫼와 북쇠는 처음에 그 문제를 놓고 어찌 하는 게 좋을까 잠시 망설였다. 하지만 역시 둘은 마음이 통했다.

"돌아가신 아저씨도 제대로 된 청자를 빚지 못해 힘들어하셨어요. 우리의 고민은 이 나라 모든 사기장의 고민이었을 거예요. 그러니 우리가 개발한 새 기법을 다른 사기장들에게 가르쳐 주는 것이 옳다고 봐요. 청자가 고려 땅에 널리 퍼졌듯 우리가 만들어 낸 새 그릇이 조선 땅에 널리 퍼지면 얼마나 좋겠어요."

강뫼의 말에 북쇠도 흔쾌히 고개를 끄덕였다.

"나도 같은 생각이네. 고려청자도 누군가 처음 시도한 사람이 있어 온 나라에 퍼졌던 게 아니겠어?"

결국 두 사람은 나라 안 곳곳에서 온 사기장들에게 새로운 그릇을 만드는 법을 전수해 주었다. 강뫼와 북쇠가 만들어 낸 새로운 그릇은 그렇게 어느새 조선 땅 곳곳에 서서히 퍼져 가고 있었다.

비록 몸은 고단했어도 강뫼는 뿌듯했다. 나라님 쓰시는 그릇을 만드는 사기장이 되려면 아직 갈 길이 먼 것을 알고 있지만, 그래도 지금까진 잘해 왔다는 생각이 들었다. 지체 높은 관리며 양반들도, 일반 백성들도, 자기와 북쇠가 새로 만들어 낸 그릇을 좋아한다는 사실이 무엇보다도 큰 힘이 되었다. 그래서 이번에 관아에서 주문받은 그릇만 만들고 나면 겉에 백토를 분칠하는 방법이나 무늬 넣는 법을 좀 더 연구하고 새로운 그릇 모양도 생각해 볼 참이었다.

극성맞던 매미 소리에 발맞춰 찰그락찰그락 물레를 차던 강뫼는 고개를 번쩍 들었다. 바로 앞에서 인기척이 느껴졌기 때문이었다.

순간 강뫼는 숨이 멎는 듯했다. 물레 차던 발은 헛발질을 하고, 정성스레 그릇을 빚던 손은 제멋대로 놀아났다. 힘차게 돌던 물레판은 맥없이 빙빙 돌고, 모양이 제법 잡혀가던 그릇은 볼품없이 뭉개져 버리고 말았다.

눈앞엔 그녀, 아란이 서 있었다. 동그랗고 작은 머리통, 하얗고 조붓한 얼굴, 통통한 몸매, 그리고 치맛자락 아래 언뜻언뜻 보이는 작은 발…….

강뫼는 벌떡 일어났다.

"아, 아란아!"

아란의 눈가엔 눈물이 그렁그렁했다. 늦더위에 산길을 올라오느라 힘들었는지 얼굴은 발갛게 상기돼 있었다.

"어떻게 왔어? 언제 왔어? 효문이는? 효문이도 왔지?"

울음이 잔뜩 밴 목소리로 강뫼가 잇달아 물었다.

아란은 쓸쓸히 고개를 가로 저었다. 강뫼가 다그쳐 물었다.

"왜? 효문이는 같이 안 왔어?"

아란은 말없이 보따리를 풀러 작은 두루마리를 꺼냈다.

"읽어 봐. 편지야."

강뫼는 잔뜩 긴장한 채 두루마리를 받아 펼쳤다. 눈에 익은 글씨, 효문의 글씨였다. 그리웠던 친구의 글씨를 보는 것만으로도 강뫼는 눈물이 핑 돌았다.

글씨체는 일정하지 않았다. 편지가 시작되는 오른쪽 부분은 제법 힘차고 정갈한데, 왼쪽 끝부분으로 갈수록 글씨가 맥없이 흐릿하고 삐뚤빼뚤했다. 강뫼는 질끈 눈을 감고 마음을 가다듬은 뒤 편지를 읽기 시작했다.

강뫼, 보거라.

오랜만이다. 그동안 잘 지냈느냐? 나하고 아란이도 잘 지냈다.

우리가 떠나온 뒤의 이야기, 나의 이야기는 아란이가 전할 것이므로 굳이 낱낱이 적지 않으마. 다만 내가 너를 떠났던 이유만은 직접 말하고 싶구나.

나는 차라리 내가 떠나는 것이 너를 지켜 주는 일이라 생각했다. 올곧고 분명한 꿈을 가진 네 곁에 이도 저도 아닌 내가 있는 것이 오히려 방해가 될 거라고 생각했다.

그리고 난, 사기장으로 커 갈 자신이 없었다. 그땐 너만큼 흙을, 그릇을 사랑하지 않았으므로. 그래서 떠났다. 그래야만 모든 것이 정리될 것 같았다.

떠나온 뒤 나, 오래도록 마음 아팠고 아란이도 그러했다. 너 또한 그러했으리라. 미안하다.

강뫼야, 나는 이제 돌아올 수 없는 먼 길을 떠난다.

아란이와 우리 아이를 부탁한다. 네 힘이 허락하는 한 보살펴다오. 아란이는 계룡산으로 돌아갈 수 없다고 했으나, 그래야 내가 눈을 감을 수 있다고 설득했으니 그리 알아다오.

아란이 편에 그릇을 보낸다. 아란이와 내가 함께 연구해 만든 그릇이다. 너에게 보내는 나의 마지막 우정이라고 생각해 다오.

그리고 나는 믿는다. 내 친구 강뫼가 조선의 으뜸가는 사기장이 될 것이라는 걸!

- 여계산 너럭바위 위에 나란히 서서
탐진 앞바다를 바라보던 날들을 그리며 효문 쓰다

눈물이 펑펑 솟았다. 강뫼는 눈물을 훔칠 생각도 않고 소리쳤다.

"주, 죽었어? 효, 효문이가 죽었어?"

"응, 가 버렸어."

"왜? 효문이가 왜?"

아란이 울먹거리며 대답했다.

"갑자기…… 병이 들었어. 살리려고 했는데…… 살릴 수가 없었어. 여기로 기별할 짬도 없었고……."

"흐으윽."

속 깊은 곳에서 용솟음치듯 울음이 터져 나왔다. 강뫼는 작업장 기둥에 머리를 기대고 하염없이 울었다.

하나뿐인 친구가 죽은 것도 모르고 좋은 청자, 훌륭한 그릇을 만들겠다고 설쳐 댔던 자신이 한심했다. 효문과 아란이 떠난 후 한 번도 둘의 거처를 수소문해 보지 않았던 자신의 무심함도 뼈에 사무쳤다. 효문이 떠난 것도 종국엔 자기 때문이었다는 자괴감, 여기서 함께 살았더라면 효문이 그렇게 맥없이 죽진 않았으리라는 후회도 깊고 깊었다.

아란이 강뫼의 어깨에 손을 짚었다.

"그만 울어. 사람 목숨은 하늘의 뜻이랬어."

강뫼는 눈물을 훔치고 고개를 들었다. 아지랑이 속에 서 있는 듯 아란의 모습이 아릿아릿했다.

"미안하다. 정말 미안해."

"뭐가 미안해…… 여길 떠난 건 우린데……."

"하지만 효문이가 여길 떠난 건 나 때문이었……."

"아냐, 우리가 간 거야. 그런 말 마."

그러면서 아란도 울음을 터뜨리고야 말았다. 강뫼는 저도 모르게 덥석 아란을 끌어안았다. 그 바람에 소매 끝에서 아란이 주고 간 손수건, 바닷가 갯마을 풍경을 수놓은 무명 손수건이 툭 떨어졌다. 강뫼는 얼른 손수건을 주워 눈물 젖은 아란의 얼굴을 조심조심 닦아 주었다.

"이거 내가 주고 간 거잖아. 뭐야, 꼬질꼬질한 게. 잘 빨지도 않았구나!"

눈물 가득한 눈으로 아란이 생긋 웃었다. 머쓱해진 강뫼는 손수건을 도로 소맷부리 속으로 집어 넣었다.

"보여 줄 게 있어."

아란이 보따리를 헤치더니 별로 크지 않은 상자 하나를 강뫼 앞으로 내밀었다.

"열어 봐."

'혹시 그릇인가?'

강뫼는 미어질 듯한 가슴을 진정시키며 나무 상자를 열었다. 역시 안에는 그릇이 들어 있었다.

강뫼는 조심조심 그릇을 꺼냈다. 그런데 그릇을 다 꺼낸 순

간, 강뫼는 강렬한 전율감에 몸을 부르르 떨고 말았다.

"왜, 별로야?"

강뫼의 모습에 덩달아 아란도 놀란 표정을 지었다.

"아, 그게 아니라……. 이건 너무…… 굉장해서……."

강뫼는 그릇에 눈길을 떼지 못한 채 더듬더듬 말을 이었다.

정말 그랬다. 효문이 만든 그릇은 한눈에 보아도 굉장했다. 색깔은 청자와 비슷하지만, 모양과 무늬는 청자하곤 영 딴판이었다. 그러나 전혀 어설프지 않고 오히려 아주 독특한 느낌을 주는 그릇이었다.

우선 모양이 아주 색달랐다. 몸통은 둥글납작하고 편편한데 주둥이는 아주 작아 마치 목 짧은 자라처럼 생긴 병이었다. 이런 모양의 병을 어떻게 생각했을까 싶었다.

무늬 또한 아주 신선했다. 몸통 중간에는 물을 박차고 뛰어오를 듯한 큼직한 물고기 두 마리를 새기고, 주둥이 부분과 굽 근처에는 자잘한 연꽃무늬를 연속해서 촘촘히 새겨 넣은 것이었다.

"물고기 두 마리가 뭔지 아니? 탐진 바닷가에서 뛰놀던 친구 둘을 뜻하는 거래."

아란의 말에 강뫼는 목이 메어 말을 잘 이을 수 없었다.

"효문이 솜씨가…… 보통이 아니구나. 모양도, 무늬도…… 아주 독특해. 근데 어떻게 이런 그릇을 만들었어? 청자도 아니고 완전히 새로운 그릇인데……."

아란은 작업대 앞 의자에 앉아 차근차근 이야기를 시작했다. 청주목 쪽에 가서 자리를 잡았다는 것, 그곳에 가마를 짓고 열심히 그릇을 만들었다는 것, 멋지고 새로운 그릇이 완성되면 효문과 함께 이곳으로 돌아오려 했다는 것 등……

"딴 데 가서 그릇 만들 거였으면 왜 떠났어? 여기에서 나하고 힘을 합쳤으면 훨씬 좋았을 텐데."

강뫼가 허탈한 듯 말했다.

"그건 아냐. 처음부터 그릇을 만들었던 건 아니니까. 처음엔 그릇 빚기 싫다며 아예 흙에 손도 안 댔어. 나는 바느질이랑 자수 일감을 받아 일하고 그 사람은 다른 일 하면서 근근이 먹고 살았어. 그런데 어느 날부턴가 갑자기 다시 청자를 빚겠다고 하더라고. 그래서 어렵사리 가마를 짓고 작업장을 만들었어. 밤잠도 안 자고 일하더라. 그렇게 열심히 일하는 건 처음 봤어. 그런데 역시 제대로 된 청자를 만들지 못했어. 많이 고민하고 고통스러워했어. 곁에서 지켜보는 나도 힘들었고. 그런데 있잖아……"

아란이 치마 속을 뒤적여 쌈지를 열더니, 작은 조가비를 꿰어 만든 목걸이와 아기 손바닥 만한 소라 껍데기 두 개를 꺼내 보였다.

"보안을 떠나올 때 갖고 온 것들이야. 내륙으로 가면 바다 구경은 영영 못 한다고 아버지가 그러시잖아. 그래서 바다가 그리울 때마다 바닷소리 들으려고 소라껍데기 몇 개 챙기고 조가비 목걸이도 만들어 갖고 왔었어. 여길 떠날 때도 이것만은 잊지 않고 챙겨갖고 갔고……"

강뫼는 아란의 그 심정을 이해할 수 있을 것 같았다. 계룡산 기슭으로 온 뒤 자신 역시 몸살이 날 정도로 바다가 그리운 때가 많았으므로.

"그런데 청주목으로 간 뒤로는 바다가 더 자주 그리운 거야. 둘뿐이었으니 외로워서 그랬겠지? 그래서 걸핏하면 소라껍데기를 귀에 대고 쏴아 하는 바닷소리를 듣고, 조가비 목걸이를 꺼내 만지작거리곤 했어. 그런데 어느 날 내가 그러고 있는 걸 보더니, 그 사람이 무릎을 탁 치는 거야."

"으응? 왜?"

"새로운 무늬를 넣고 모양도 새로운 그릇을 만들어 보고 싶다고 하더라고. 제대로 된 청자를 못 만들 바에야 새로운 그릇을 연구해 봐야겠다면서."

강뫼는 고개를 끄덕였다.

"그래서 만들게 된 게 이 그릇이야. 내가 보안 앞바다를 그리워하듯 자기도 탐진 앞바다가 그립다면서 자라 모양의 그릇을 빚고 물고기 무늬를 새긴 거야. 어떠니?"

"아, 아주 좋아."

"근데 여기 주둥이하고 굽 근처의 연꽃무늬 있잖아. 이건 내가 새겨 보라고 한 거야. 그 사람 원래 스님 될 뻔했었다며? 여계사란 절에는 연꽃밭도 있었다던데?"

"맞아."

"그 연꽃밭이랑 지산 스님을 그리워하더라고. 그래서 내가 연꽃무늬를 그릇에 표현해 보라고 했어. 그런데 상감하는 거 우리 아버지한테 처음 배울 때도 연꽃무늬를 새겼었다며?"

아란의 말에 강뫼는 아저씨에게 처음 상감을 배우던 때를 떠올렸다. 정말 그랬다. 그때 강뫼는 물고기무늬를, 효문은 연꽃

무늬를 새겼었다.

강뫼는 가슴이 절로 뜨뜻해지는 걸 느꼈다. 효문이 그리워했던 것들이야 말로 자신 또한 늘 그리워했던 것이었으므로.

"그랬구나. 그리움이 간절했기 때문에 이렇게 멋진 그릇이 나왔구나. 감동이야."

"그렇게 해서 이런 그릇을 만든 거야. 색깔이 어느 정도 완성된 다음엔 무늬 연구도 많이 했지······. 모양도 이것저것 빚어 보고. 그런데 갑자기 병이 나는 바람에 그만······. 그릇은 청주에 가면 더 있어. 내가 갖고 올 수 없어서 친한 아주머니 댁에 맡겨 놓고 왔어."

강뫼는 효문이 만든 그릇을 품에 안았다. 너무도 가슴이 아프고 너무도 효문이 그리웠다. 이렇게 그릇만 남기고 영영 가버린 친구가 너무 보고팠다.

그때였다. 산길 아래에서 누군가 급히 뛰어오는 소리가 들렸다.

"형, 강뫼 형!"

풍이였다. 강뫼는 얼른 마음을 추스르곤 큰 소리로 대답했다.

"어, 여기야!"

풍이가 후다닥 작업장으로 뛰어들어오더니 아란을 보고 눈을 휘둥그레 떴다.

"어? 아란이 누나?"

"그래, 근데 뭔 일이기에 그리 호들갑이냐?"

풍이는 그제야 정신을 가다듬었다.

"그러니까요, 나리가 형이랑 북쇠 형을 급히 오라셔요. 사옹방*에서 쓰는 그릇을 우리 가마에서 빚어야 한대요."

아란이 강뫼의 등을 살며시 떠밀었다.

"좋은 일인가 보네. 어서 가 봐, 난 집에 가 있을게. 단비 언니랑 아주머니랑 많이 놀라시겠지?"

"놀라긴, 무척 반가워하실 거야. 그동안 얼마나 걱정하셨다고……. 그럼 먼저 가 있어. 나도 얼른 일 마치고 갈 테니."

강뫼는 풍이를 따라 산길을 내려가며 몇 번이나 작업장을 뒤돌아보았다. 모든 것이 꿈속의 일만 같았다.

---

*사옹방 : 조선시대에 왕의 식사나 궁중의 음식 공급에 관한 일을 맡아보던 관청이었던 '사옹원'의 전신. 태조가 조선을 건국한 1392년에 처음 설치되었으며, 세조 때인 1467년에 사옹원으로 바뀌었다.

23. 만백성의 그릇, 꿈꾸는 분청

진달래가 붉은 꽃망울을 툭툭 터트리는 봄 사월, 중년의 사기장이 계룡산 기슭 가마 앞을 초조히 서성거리고 있었다. 머리는 반백이고 이마엔 굵은 주름이 서너 개나 잡혀 있었다.

조금 뒤 사기장이 가마 안에 얼굴을 들이밀고 물었다.

"어떠냐? 그릇들이 잘 익었느냐?"

열이 내린 지 얼마 되지 않은 양, 가마 안에선 후끈한 열기가 훅훅 풍겨 나왔다.

손에 두툼한 솜 장갑을 낀 채 그릇들을 살피던 청년이 뒤를 돌아보았다. 열기를 막느라 무명천으로 얼굴을 대충 감싼 청년은 눈썹이 숲처럼 짙고 허우대가 튼실했다.

"예, 아버지. 때깔도 무늬도 저번보다 훨씬 좋은 걸요."

"믿어도 되겠느냐? 허풍 떠는 건 아니냐?"

"정말이라니까요. 이걸 좀 보시라니까요."

청년이 가마 밖 멍석 위로 그릇 하나를 조심스레 내놓았다. 사기장은 요리조리 그릇을 살펴보았다.

주둥이는 조막만 하고 몸통은 꼭 자라처럼 넓적하게 퍼진 분청자 자라병이었다. 자라병에는 몸통 앞뒤로 각각 두 마리의 물고기가 큼직한 선으로 새겨져 있었다. 마치 금방이라도 파닥거리며 물을 박차고 솟아오를 듯 힘찬 모습이었다.

"정말 아름답구나. 타박 놓은 보람이 있어. 바닷가 근처엔 가보지도 않은 녀석이 어찌 이리도 살아 있는 듯 생생하게 물고기를 새겼느냐?"

"꼭 바닷가에 가 보아야만 물고기 무늬를 새깁니까? 아버지가 빚으신 그릇에서도 많이 보았고, 어머니가 수놓은 병풍에도 물고기 무늬가 많이 있잖아요? 저잣거리에 나가면 소금 절인 것이나마 자반도 살 수 있고요."

장갑을 훌훌 벗으며 청년이 가마 밖으로 나왔다. 몸에선 구수한 흙냄새와 진한 땀 냄새가 훅 풍겼다. 사기장이 대견하다는 눈길로 청년의 어깨를 다독거렸다.

"허허, 이젠 너도 제법이구나. 그런데 요즘 난 문득 이런 생각이 드는구나. 화려하고 우아하고 아름다운 청자도 아닌데, 왜 나라님은 물론이고 사대부 양반에서 미천한 백성들까지 모두 이 분청자를 좋아하나, 하는 생각 말이다. 색깔도 투박하고 모양도 무늬도 소박한데 말이다."

"하하, 그 이유는 품관 나리가 다 밝혀 주셨잖아요. 분청자에선 고려청자에서 볼 수 없는 소박함과 담백함, 그리고 자유로움이 느껴진다. 그건 백성의 마음이자 새 왕조가 바라는 개혁정신하고도 통한다, 그렇게요. 그러니까 아버지와 고모부가 처음 만드신 분청자가 만백성의 그릇이 되어 온 나라에 유행처럼 확 퍼졌을 테고요. 근데 하나 여쭤 봐도 돼요? 아버진 아직도 청자를 못 만든 게 마음에 맺히세요?"

사기장은 갑자기 가슴에 뾰족한 바늘이 콕 박히는 것 같았다. 아들은 여태 한 번도 그런 걸 물어본 적이 없었다. 한참을 망설인 끝에 사기장이 대답했다. 눈 오기 전 하늘처럼 목소리가 착 가라앉아 있었다.

"글쎄다. 한이 없다고는 할 수 없겠지. 그러나 세상엔 사람의 힘으로 어쩔 수 없는 일이 있는 게다. 내가 고려청자의 맥을 잊지 못한 것도 내 힘으론 어쩔 수 없는 일이었다. 하지만 그 대신 분청자를 탄생시키지 않았느냐? 난 그걸로 충분히 만족한다."

청년은 숙연히 듣고만 있었다.

"그렇다고 분청자가 고려청자의 맥을 아주 안 이었다고 할 순 없다. 청자가 있었기에 분청자가 나올 수 있었으니까. 세상 이치가 다 그렇다. 사라진 것이 아주 사라진 게 아니라는 게다."

"저도 그렇게 생각해요. 아버지가 청자는 못 빚으셨지만, 결국 나라님 쓰시는 분청자는 빚게 되셨잖아요. 분청자 속엔 아버지 말씀처럼 청자의 모습이 남아 있고요. 그리고 전 아무리 보아도 청자보다는 아버지가 빚은 분청자들이 훨씬 더 좋은 걸요!"

사기장이 너털웃음을 웃었다.

"허허, 그러냐? 참, 대궐에서 주문한 태항아리 좀 보자꾸나. 새로 태어나실 귀한 아기씨들의 태를 담기에 부족함이 없어야 할 텐데."

"예, 꺼내 올게요."

가마 안으로 들어간 청년은 황토빛 태항아리를 들고 나왔다. 통통하게 생긴 바깥 항아리와 그보다 훨씬 홀쭉한 안 항아리 두 개였다.

사기장은 바깥 항아리부터 꼼꼼히 살폈다. 어깨에서부터 도장 찍듯 연달아 둘러 새긴 卍(만)자 무늬, 연꽃무늬, 국화무늬가 이채로웠다. 몸통 전체에 자잘하게 새긴 국화무늬도 보기에 아주 좋았다. 몸통 아랫부분에는 어깨 부위와 똑같은 연꽃무늬가 마치 띠 두르듯 둘러져 있었다.

안 항아리는 바깥 항아리와는 조금 달랐다. 뚜껑에는 거북등 모양의 육각형무늬를, 몸통엔 국화무늬를 가득 새긴 거였다. 사기장은 만족스러운 듯 고개를 끄덕였다.

"이만하면 내 마음에는 드는구나. 부디 나라님과 왕비님께서 흡족해하셔야 할 텐데……."

그때 저만치에서 열두어 살 정도 먹었을 법한 소년이 급히 뛰어왔다.

"아버지, 어머니가 어서 와서 점심 드시래요. 형도요!"

"그래? 그럼 조금 있다 와서 다시 보기로 하고 저녁 먹으러 가자꾸나."

청년은 그제야 얼굴을 감쌌던 무명천을 풀었다. 젊은 날의 효문을 꼭 닮은 청년이었다. 그러고 보니 조금 전 달려온 소년은 어린 날의 강뇌와 완전 판박이였다.

소년의 뒤쪽에선 곱게 나이 들어가는 여인이 다소곳이 웃으며 손짓하고 있었다. 바로 그녀, 아란이었다.

분청사기에 담긴 소년 사기장의 꿈

몇 년 전 우리나라 국보와 문화유산에 대해 깊이 있게 공부할 기회가 있었다. 그때 나는 분청사기를 처음으로 알게 되었다. 그 전까지만 해도 우리나라 도자기라면 고려청자와 조선백자밖에는 없는 줄 알았던 것이다. 그런데 분청사기 사진을 보고서 나는 그 진실하고 소박한, 또한 자유롭고 생동감 넘치는 아름다움에 단박에 끌리고 말았다. 그 탄생 과정까지 알고 나자 끌리는 마음은 몇 배나 더 커졌다.

고려 말, 고려청자를 빚던 바닷가의 가마가 왜구의 잦은 침입으로 파괴되자 사기장들은 내륙 곳곳으로 옮겨 가야만 했다. 그러나 제아무리 솜씨 좋은 사기장이라도 거칠고 질이 떨어지는 내륙의 흙과 유약으로는 색깔 고운 청자를 빚을 수 없었다. 그러자 사기장들은 그릇 표면을 백토로 분칠하고 무늬를 표현하는 여러 기법을 개발해 냄으로써 고려청자와는 사뭇 다른 분청사기를 창조해 내기에 이른다.

나는 분청사기에 엄청난 매력을 느낀 나머지, 실물을 보기 위해 국립중앙박물관으로 달려갔다. 그곳엔 국보 제178호 물고기무늬 자라병, 국보 제259호 구름용무늬 항아리, 국보 제260호

모란무늬 자라병을 비롯해 5, 6백 년 전에 만든 분청사기 여러 점이 세월을 훌쩍 뛰어넘어 오롯이 자리하고 있었다.

고려청자의 화려함이나 조선백자의 격조와는 차원이 다른, 담백한 한국미를 물씬 풍기는 분청사기 실물들을 보자 내 머릿속에는 궁금증이 생겼다.

'그 옛날 사기장들은 어떻게 저토록 멋진 새 그릇을 만들어 냈을까? 시대가 요구하는 새로운 그릇을 만들기까지 그들은 얼마나 많은 피눈물을 쏟아야 했을까?'

박물관에서 돌아온 후, 나는 궁금증을 풀기 위해 고려 말 조선 초의 역사를 되짚어 봄은 물론, 우리나라 도자기와 분청사기에 대한 공부를 했다. 먼 옛날 고려청자를 빚었던 땅인 전라도 강진과 분청사기를 만들었던 곳 중의 하나인 충청도 계룡산 기슭에도 가 보았다. 문화센터 도자기 교실에서 도자기 만드는 법도 배우고, 재래 가마에서 불때기 하는 광경도 직접 보았다. 그 결과 나오게 된 소설이 바로 『분청, 꿈을 빚다』이다.

고려 말에서 조선 초에 이르는 왕조 변혁기에 탄생한 분청사기는 약 2백 년 동안 많은 사랑을 받았다. 더구나 고려청자가 주로 '가진 자의 그릇'이었던 데 비해 분청사기는 일반 백성에서부터 사대부, 임금에 이르기까지 모두가 즐겨 쓰는 '만백성의 그릇'으로 당당히 자리매김했다. 특히 세종은 분청사기를 사랑하여 그 개발과 보급에 특별한 노력을 기울였다고 한다.

물론 어느 사기장이 무엇에서 착안하여 맨 처음 분청사기를 만들어 냈는지, 역사에는 기록되어 있지 않다. 다만 나는 어떤 문화이든 한 시대를 풍미하기 위해서는 분명히 선도자가 있기 마련이며, 분청사기 역시 마찬가지일 거라고 생각했다. 그래서 '강뫼'라는 소년 사기장을 등장시켜 그로 하여금 분청사기를 창조해 내도록 하였다. 강뫼가 목화송이 만발한 하얀 목화밭을 보고 그릇 표면을 백토로 분칠할 생각을 했다는 것 또한 작가적 상상력의 소산이다.

분청사기는 처음엔 특별한 이름 없이 그저 '사기'라고 불렸다. 그러다 1930년대에 고미술학자였던 故 고유섭 선생이 '백토로 분장한 청자'라는 뜻에서 '분장회청사기'라 명명하면서 이를 줄여 '분청사기', 혹은 '분청자'라고 부르게 된 것이다. 다만 이 소설에서는 독자들의 이해를 돕기 위해 편의상 당시에도 '분청자'라는 말을 쓴 것으로 설정하였다.

사기장 강뫼가 온갖 역경 속에도 끝없는 도전을 통해 꿈을 이뤘듯, 이 소설을 읽는 우리 청소년들도 자신의 꿈을 향해 한 걸음 한 걸음 정진해나가길 소망해 본다.

2011년 봄
신 현 수

신 현 수

1961년 충북 청주에서 태어났으며, 이화여자대학교 국문학과를 졸업했다. 2001년 '샘터상'에 동화가, 2002년 '여성동아 장편소설 공모'에 소설이 당선되면서 본격적인 작품 활동을 시작했다. 『분청, 꿈을 빛다』는 고려 최고의 사기장의 아들인 강뫼가 왜구 침입과 왕조의 변혁 등 혼란한 시대 상황과 열악한 여건으로 인해 청자를 빚지 못하는 한계와 갈등을 극복하고, 새 시대가 요구하는 새로운 그릇인 분청사기를 만들기까지의 과정을 그린 청소년 역사소설이다. 지은 책으로 장편동화 『내 마음의 수호천사』, 『유월의 하모니카』, 창작동화집 『빵점이어도 괜찮아』, 장편소설 『끝이 없는 길은 없다』, 어린이 교양서 『어린이 국보여행』, 『세계가 깜짝 놀란 유네스코 우리 문화유산 17가지』, 『옛날 사람들은 어떤 그림을 그렸을까』, 『지구촌 사람들의 별난 음식 이야기』 등이 있다.

푸른도서관은 10대에서 20대까지 눈부신 성장을 거듭하는 푸른 세대를 위한 본격 문학 시리즈입니다.

＊〈푸른도서관〉 시리즈는 계속 나옵니다!